# すらすら読める源氏物語(下)

瀬戸内寂聴

講談社

# 主人公の交替

「御法《みのり》」の帖《じょう》で紫《むらさき》の上《うえ》の死が語られている。光源氏《ひかるげんじ》五十一歳の三月から秋までの話である。紫の上は、「若菜《わかな》下」の帖で、一度は死の淵から蘇生《そせい》したものの、ずっと健康は思わしくなく、四年ほどの間にただ衰弱がひどくなっていくばかりだった。源氏は心配でならない。紫の上は後世《ごせ》のためにと、かねて念願している出家への想いが強くなっているが、源氏は相変らず、とんでもないことと、許さない。

明石《あかし》の中宮《ちゅうぐう》の生んだ宮たちの中で、紫の上は三の宮（後の匂宮《におうのみや》）を特に可愛がっていた。秋になって、明石の中宮が見舞う。中宮と話しているうちに紫の上は気分が悪くなり、中宮に手をとられたまま、臨終を迎え、その夜の明ける頃、消えてゆく露のように帰らぬ人となった。享年《きょうねん》四十三。八月十四日であった。源氏はあまりの悲嘆《ひたん》に茫然自失《ぼうぜんじしつ》し、夕霧《ゆうぎり》が遺体の側近く入って来たことを、咎《とが》める意識も失っていた。夕霧は遠い野分《のわき》の日以来、心ひそかに憧《あこが》れつづけてきた紫の上の死顔をつくづくと見る。灯をかかげて近く見る死顔のあまりの可愛らしさ美しさに心打たれる。

紫の上は、「源氏物語」の中では主人公光源氏と並ぶヒロインとして重要人物だった。十歳でほとんどかどわかされるような形で源氏にひきとられ、掌中《しようちゆう》の珠《たま》として理想の女に育てあげられ、多くの妻妾の中でも、比肩《ひけん》する者もなく、源氏の寵愛《ちようあい》を最高にほしいままにした。しかし不幸なことに一人も子供に恵まれていない。晩年出家に憧れながら、源氏と共に暮しているため、いつでも源氏に反対され出家を遂《と》げることが出来なかった。

「源氏物語」の女たちの中で最も幸福な女と言われてきた紫の上を、私は最も可哀そうな女と思われてならない。少なくともこの物語の中の女たちは、出家することによって、源氏の愛欲《あいよく》によってもたらされる激しい苦悩《くのう》を脱し、心の平安を得ているからである。紫の上は、たしかに光源氏の半身であった。目に余るほどの源氏の生涯の色恋沙汰も、紫の上という愛の中心の女神がいてこその、浮気であったと見られる。

紫の上の死後の源氏は精神の張りも失い、生きる目的すら見失ったようで、昔日《せきじつ》の輝かしい俤《おもかげ》を見る見る失っていく。ただ亡妻の思い出に溺《おぼ》れ、悲嘆になすすべもなくなった悄然《しょうぜん》とした源氏には、もはや昔日の輝く魅力は感じられない。

紫 式部《むらさきしきぶ》はまるで悪意があるかのように、変り果てた源氏の情けない姿を、「幻《まぼろし》」の帖でくどくどしいまでに書きつづける。紫の上の死の翌年、正月から十二月まで一年間を、源氏の哀傷《あいしょう》と、各月の風物《ふうぶつ》と、歌によって歳時記《さいじき》的に書きつづけている。そして、「御法」のあたりから、夕霧が急にしっかりと存在感を現し、悄然として見る影もない源氏の杖《つえ》となって力強く支えている。何となく、ここで主役交替という感じがする。

一年間、綿々と紫の上への未練にひかれて日を送ったが、ここに来て、ようやく源氏の出離《しゅつり》の決心も固まったと見える。紫の上の須磨《すま》、明石《あかし》によこした思い出の手紙さえ焼いてしまう。十二月の十九日から三日間にわたる仏名会《ぶつみょうえ》の日に、源氏は一年間誰にも見せなかった姿を、人々の前にはじめて現す。昔よりもっと美しく神々《こうごう》しく、仏そのままのような源氏の生身の姿を仰いで、人々は思わず感涙にむせんだのだった。

光源氏を主人公とした「源氏物語」は、読者の目から源氏の消えたこの「幻」の帖で一応終ったと考えていい。次の「雲隠《くもがくれ》」の帖は、本文は一行もない。いつからこの題名がさしはさまれたのか、紫式部の演出か、後世の人のしわざか、様々な論議を呼んできたが、まだたしかなことはわからない。私は、様々な説のある「雲隠」の帖は、丸谷才一《まるやさいいち》氏の説と同じく、やはり紫式部が今の形、つまり題名だけで本文なしという斬新《ざんしん》な形にしたと考えたい。

「源氏物語」五十四帖の中に、しかしこの「雲隠」の帖はふくまれてはいない。「幻」の帖であまりに女々《めめ》しい涙ばかり流す源氏をいやというほど見せられた読者にとって、もし、ここで源氏の死がリアリズムで描かれていたら、うんざりするだけであろう。紫式部ははじめから、源氏の死際《しにぎわ》など書くつもりはなかったのだと思う。仏名会で最後に人々に見せた清らかな姿こそ、読者への最後の贈り物で、それで充分である。

死を意味した「雲隠」という言葉ひとつに、読者の各人がそれぞれ源氏の死をイメージし想像すればいいのであろう。源氏は出家後、嵯峨《さが》に隠棲《いんせい》して、二、三年後に死んだということになっている。

源氏の両親の恋から始まったこの大長編小説は、光源氏の生涯《しょうがい》を書くのが主題ならば、「雲隠」で終っていい筈《はず》であった。しかし紫式部は更に源氏の死後を十三帖も書きつづけている。表向きは自分の子と公表している女三の宮の不倫《ふりん》の証《あか》しとして生れた柏《かしわ》木《ぎ》の胤《たね》の薫《かおる》の君《きみ》と、明石の中宮の生んだ三の宮で、源氏の正統の孫に当る匂宮《におうのみや》の恋を中心に据《す》えた物語を書いた。

「匂宮」からはじまる「紅梅《こうばい》」「竹河《たけかわ》」「橋姫《はしひめ》」「椎本《しいがもと》」「総角《あげまき》」「早蕨《さわらび》」「宿木《やどりぎ》」「東屋《あずまや》」「浮舟《うきふね》」「蜻蛉《かげろう》」「手習《てならい》」「夢浮橋《ゆめのうきはし》」の十三帖で、世に、「宇治十帖《うじじゆうじよう》」と言われて特別に扱われているのは、「橋姫」以下の十帖である。内容が宇治に隠棲した源氏の異腹《いふく》の弟八の宮の三人の姫君をヒロインとして書かれているから、この題名が生れたのであろう。長女大君《おおいきみ》、次女中の君《なかのきみ》、三女浮舟の三人の姉妹が魅力的だが、とりわけ、一人異腹の三女の浮舟が薄倖《はっこう》で可憐《かれん》さと美しさで男心をそそり魅惑《みわく》的である。

三人をめぐる薫と匂宮、その他の男たちとの色模様が描かれているのだが、文体や用語といい、話の展開の運び方などから、宇治十帖とその前の三帖は、紫式部以外の人の手になったのではないかという説が云々されてきた。近世では折口信夫《おりくちしのぶ》氏の、「宇治十帖は男性、それも隠者《いんじや》の作」という説があった。円地文子《えんちふみこ》氏は、「宇治十帖には人物の結末がついていない」という不満を洩《も》らされ、やはり紫式部以外の手ではないかと疑っておられた。

最近でも「雲隠」以前と以後の用語をコンピューターで調べ、同一人の文かどうかと研究する学者も現れている。その結果は同一人と出たと、テレビで発表されたりしている。私は、「桐壺《きりつぼ》」から、「夢浮橋」まで五十四帖すべて紫式部という説を立ててきた。しかし「匂宮」「紅梅」「竹河」は、疑わしい点もなきにしもあらずだが、やはり私は紫式部の筆であろうと思う。

紫式部は「雲隠」で源氏を死なせた時、一応「源氏物語」は完結したとみなしたのではあるまいか。その後、私は藤原道長《ふじわらのみちなが》が、一応所期の目的を達し、「源氏物語」で一条《いちじょう》天皇の関心を中宮彰子《ちゅうぐうしょうし》の局《つぼね》に引きつけることに成功して、紫式部に対する待遇《たいぐう》も変質していったのではないかと想像する。紫式部に対して政略的に親しみ、「源氏物語」の完成と成功にあらゆる物質的援助と精神的激励《げきれい》を惜《お》しまなかった道長は、現実的功利的な政治家の常として、紫式部への関心と愛情が、「源氏物語」が終った時点から、とみに薄れていったとしても不思議ではない。しかしプライドの人一倍高かった紫式部にとって、道長のそんな態度に、どれほど心が傷つけられたかは想像に余りある。

おそらく、彼女は、「雲隠」までの原稿を道長に渡した後、二、三年後には出家したのではないだろうか。それからまた、何年か経って、紫式部は仏教の教養を積み、自らの勤行《ごんぎょう》に励《はげ》む中で、「源氏物語」の続編を書く意欲が生じたのではないだろうか。もしかしたら、出家後の彼女は、宇治に庵《いおり》を結んだかもしれない。

この下巻では「匂宮」「浮舟」「蜻蛉」「手習」「夢浮橋」を収めた。

匂宮《におうのみや》……15

光隠れたまひにし後、かの御影にたちつぎたまふべき人、そこらの御末々にありがたかりけり。遜位の帝をかけたてまつらんはかたじけなし。

浮《うき》舟《ふね》……33

宮、なほかのほのかなりし夕を思し忘るる世なし。ことごとしきほどにはあるまじげなりしを、人柄のまめやかにをかしうもありしかなと、

蜻《かげ》蛉《ろう》……111

かしこには、人々、おはせぬを求め騒げどかひなし。物語の姫君の人に盗まれたらむ朝のやうなれば、くはしくも言ひつづけず。

手《て》習《ならい》……164

そのころ横川に、なにがし僧都とかいひて、いと尊き人住みけり。八十あまりの母、五十ばかりの妹ありけり。

夢《ゆめの》浮《うき》橋《はし》……233

山におはして、例せさせたまふやうに、経、仏など供養ぜさせたまふ。またの日は、横川におはしたれば、僧都驚きかしこまりきこえたまふ。

あとがき……260

主要人物関係図……262

# すらすら読める源氏物語（下）

# 匂宮《におうのみや》

光隠《ひかりかく》れたまひにし後《のち》、かの御影《みかげ》にたちつぎたまふべき人《ひと》、そこらの御末々《おんすえずえ》にありがたかりけり。遜位《おりい》の帝《みかど》をかけたてまつらんはかたじけなし。当代《とうだい》の三《さん》の宮《みや》、その同《おな》じ殿《おとど》にて生《お》ひ出《い》でたまひし宮《みや》の若君《わかぎみ》と、この二《ふた》ところなんとりどりにきよらなる御名《おんな》とり

**薫**（十四～二十歳）

光源氏がお亡くなりになった後には、あの輝かしいお姿や世評《せひょう》の栄光を受け継《つ》がれるようなお方は、たくさんの御子孫の中にもなかなかいらっしゃらないのでした。御退位あそばした冷泉院《れいぜいいん》のことを、御子孫としてあれこれ申し上げるのは畏《おそ》れ多いことです。

今の帝《みかど》と明石《あかし》の中宮《ちゅうぐう》の間にお生れの三の宮と、この方と同じ六条の院でお育ちになられた女三の尼宮の若君と、このお二方が、それぞれに気高くお美

たまひて、げにいとなべてならぬ御《おん》ありさまどもなれど、いとまばゆき際《きわ》にはおはせざるべし。

ただ世《よ》の常《つね》の人《ひと》ざまにめでたくあてになまめかしくおはするをもととして、さる御仲《おんなか》らひに、人《ひと》の思《おもい》ひきこえたるもてなしありさまも、いにしへ《え》の御《おん》ひびきけはひよりも、ややたちまさりたまへ《え》るおぼえからなむ、かたへ《え》はこよなういつくしかりける。

しいという評判をおとりになっています。なるほどたしかにお二方とも並々でない御容姿ですけれど、目にも眩《まばゆ》いというほどの美貌《びぼう》ではないようです。

ただ世間の普通の人としては、御立派で気品も高くて、あでやかなお美しさに加えて、光源氏の御子孫だということから、人々の御尊敬がこの上なく、大切にお扱いしている有り様も、あの昔のお若かった日の光源氏のすばらしい人気や御威勢よりも、幾分まさっていらっしゃるほどなのです。一つにはそのせいもあって、お二方がこの上なく御立派にお見えになるのでした。

御元服《ごげんぷく》したまひ《い》ては兵部卿《ひょうぶきょう》と聞《き》こゆ。

入道《にゅうどう》の宮《みや》は、三条宮《さんじょうのみや》におは《わ》します。

天《あめ》の下《した》の人《ひと》、院《いん》を恋《こ》ひ《い》きこえぬなく、とにかくにつけても、世《よ》はただ火《ひ》を消《け》ちたるやう《よ》に、何《なに》ごともはえなき嘆《なげ》きをせぬをりなかりけり。まして、殿《との》の内《うち》の人々《ひとびと》、御方々《おんかたがた》、宮《みや》たちなどはさらにも聞《き》こえず、限《かぎ》りなき御事《おんこと》をば

三の宮は、御元服《げんぷく》をなさって後は、兵部卿《ひょうぶきょう》の宮《みや》と申し上げます。

女三の尼宮は三条の宮邸においでになります。

世の中の人々は、源氏の院を恋い偲《しの》ばぬ者は一人もなく、何につけても世の中はまるで火を消したようになり、何をしても栄えないのを嘆かない時がないのでした。ましてそれらのお邸《やしき》に仕える人々や、女君たち、宮たちなどは申すまでもなく、この上なく御立派であった源氏の院のことはもちろんとして、またあの紫の上の御面影がいつまでも心にしみついていて、何か事あ

さるものにて、またかの紫《むらさき》の御《おん》ありさまを心《こころ》にしめつつ、よろづのことにつけて、思ひ《おもい》出《い》できこえたまは《わ》ぬ時《とき》の間《ま》なし。

二品《にほん》の宮《みや》の若君《わかぎみ》は、院《いん》の聞《き》こえつけたまへ《え》りしままに、冷泉院《れいぜいいん》の帝《みかど》とりわきて思《おぼ》しかしづき、后《きさい》の宮《みや》も、皇子《みこ》たちなどおは《わ》せず、心細《こころぼそ》う思《おぼ》さるるままに、うれしき御後見《おんうしろみ》にまめやかに頼《たの》みきこえたまへ《え》り。

る毎《ごと》に、思い出されない時はないのでした。

女三の尼宮の若君は、源氏の院が特にお願いしておかれた通り、冷泉院がとりわけ大切にお世話なさり、秋好《あきこの》む中宮にも皇子たちがお生れにならず、心細くお思いでしたので、将来はうれしい御後見役として、心からこの若君を頼りにしていらっしゃいます。

御元服なども、冷泉院の御所《ごしょ》で執《と》り行われました。十四歳の二月に侍従《じじゅう》になられ、その年の秋、右近《うこん》の中将《ちゅうじょう》になられました。院の御恩顧《おんこ》により、年給もいただき、位も上がりました。何をそれほどやきもきなさるのか、たいそう急いで四位に昇進おさせになっ

御元服《ごげんぷく》なども、院《いん》にてせさせたまふ《う》。十四にて、二月《きさらぎ》に侍従《じじゅう》になりたまふ《う》。秋《あき》、右近中将《うこんのちゅうじょう》になりて、御賜《おんとう》ばりの加階《かかい》などをさへ《え》、いづこの心《こころ》もとなきにか、急《いそ》ぎ加《くわ》へ《え》ておとなびさせたまふ《う》。

幼心地《おさなごこち》にほの聞《き》きたまひ《い》しことの、をりをりいぶかしう《しゅう》おぼつかなう思《おも》ひ《い》わたれど、問《と》ふ《う》べき人《ひと》もなし。宮《みや》には、事《こと》のけしきにても知《し》りけりと思《おぼ》さ

て、早々と一人前にしておあげになったのでした。

中将の君は、御自分の素性について、幼い頃、ぼんやりお耳になさいましたことが、折に触れて不審に思われ、ずっと、どういうことかと気にかかっていらっしゃるのですが、それを問いただす人もありません。母宮は、自分がほんの少しでもその秘密に勘づいているとお気づきになると、さぞお気のひけることだろうと思われ、お尋ねすることも出来ず、それ以来、ずっ

れん、かたは《わ》らいたき筋《すじ》なれば、世《よ》とともの心《こころ》にかけて、

薫「いかなりけることにかは。何《なに》の契《ちぎ》りにて、か《こ》う安《やす》からぬ思《おも》ひ《い》そひ《い》たる身《み》にしもなり出《い》でけん。善巧太子《ぜんぎようたいし》のわが身《み》に問《と》ひ《い》けん悟《さと》りをも得《え》てしがな」とぞ独《ひと》りごたれたまひ《い》ける。

内裏《うち》にも、母宮《ははみや》の御方《おんかた》ざまの御心寄《みこころよ》せ深《ふか》くて、いとあは《わ》れなるものに思《おぼ》され、后《きさい》の宮《みや》、はた、もとよりひとつ殿《おとど》

と心にかかっていらっしゃいます。

「一体どんないきさつがあったのだろう。何の因果《いんが》でこんな辛《つら》い疑いや悩みを抱いて、この世に生れてきたのだろう。善巧太子《ぜんぎようたいし》が、自分の出生の秘密を疑われて、自分自身で考えて、そのわけを悟ったという智慧《ちえ》を、自分も欲しいものだ」と、思わずひとりごとをつぶやかれるのでした。

帝も、女三の尼宮は異母妹に当たられますので、その縁で中将の君に格別深くお目をおかけになられまして、心からいとしく思し召していらっしゃいます。明石の中宮はもちろん、中将の君が、同じ六条の院で、宮たちとも御一緒にお育ちになり、お遊びになった

にて、宮《みや》たちももろともに生《お》ひ《い》出《い》で遊《あそ》びたまひ《い》し御《おん》もてなし、をさをさ改《あらた》めたまは《わ》ず。源氏「末《すえ》に生《む》まれたまひ《い》て、心苦《こころぐる》しう《しゅう》、おとなしう《しゅう》もえ見《み》おかぬこと」と、院《いん》の思《おぼ》しのたまひ《い》しを思《おも》ひ《い》出《い》できこえたまひ《い》つつ、おろかならず思《おも》ひ《い》きこえたまへ《え》り。

　顔容貌《かおかたち》も、そこはかと、いづこなむすぐれたる、あなきよらと見《み》ゆるところもなきが、ただいとなまめかしう《しゅう》恥《は》

頃のお扱いを、今もほとんどお変えにならず、源氏の院が、「この子はわたしの晩年に生れて、可哀そうに、成人するのを見届けてやることも出来ない」とお嘆きになりよくお洩《も》らしになったのを、お忘れにならず、並々でなく大切にお思いです。

　お顔だちも、はっきりとどこがすぐれているとか、なんと美しいとか、言うほどでもないのですが、ただたいそうしっとりとした美しさに、こちらが気がひけるようで、いかにも心の奥が深そうな御様子が、ほかの人とは全く違っているのでした。

づかしげに、心《こころ》の奥多《おくおお》かりげなるけはひ《い》の人《ひと》に似《に》ぬなりけり。

香《か》のか《こ》うばしさぞ、この世《よ》の匂《におい》ひならず、あやしきまで、うちふるまひ《い》たまへ《え》るあたり、遠《とお》く隔《へだ》たるほどの追風《おいかぜ》も、まことに百歩《ひやくぶ》の外《ほか》も薫《かお》りぬべき心地《ここち》しける。

かく、あやしきまで人《ひと》の咎《とが》むる香《か》にしみたまへ《え》るを、兵部卿宮《ひょうぶきょうのみや》なん他事《ことごと》よりもいどましく思《おぼ》して、それは、わ

中将のお体に生れながらに具《そな》わった体臭は、この世のものとも思われない、不思議なほどの芳《かぐわ》しい薫《かお》りで、立ち居につれてその身のまわりはもちろん、遠く隔たったあたりまでも風に送られて薫ってきます。たしかに「百《ひゃく》歩《ぶ》香《こう》」という名香《みょうごう》のままに、百歩の遠くまで芳しく匂うように思われます。

　こんなふうに、中将の君には、あやしいまでに人の心をそそる芳香《ほうこう》が身に染みていらっしゃるのを、兵部卿の宮はほかのことよりも、ことさら対抗意識を掻《か》きたてられて、こちらはまた、わざわざ、いろいろの優れた名香を薫《た》きしめられたり、香の調合を朝夕の仕

ざとよろづのすぐれたるうつしをしめたまひ、朝夕《あさゆう》のことわざに合《あ》はせいとなみ

源中将《げんちゅうじょう》、この宮《みや》には常《つね》に参《まい》りつつ、御遊《おんあそ》びなどにもきしろふ物《もの》の音《ね》を吹《ふ》きたて、げにいどましくも、若《わか》きどち思《おも》ひかはし《わ》たまうつべき人《ひと》ざまになん。例《れい》の、世人《よひと》は、匂《にお》ふ兵部卿《ひようぶきよう》、薫《かお》る中将《ちゆうじよう》と聞《き》きにくく言《い》ひ《い》つづけて、そのころよきむすめおは《わ》するやう《よ》ごとな

事として熱心に励んだりしていらっしゃいます。

中将の君はこの宮の二条の院のお邸に始終お伺いして、音楽の遊びなどでも、それぞれ張り合って笛の音色を吹きたてたりして、なるほど好敵手《こうてきしゅ》だと、若い方同士で互いに認め合っている間柄でいらっしゃいます。例によって世間では、「匂《にお》う兵部卿、薫《かお》る中将」と、聞きづらいほど、囃《はや》し立てています。その頃、美しい姫君を持っていらっしゃる高貴な方々は、胸をときめかせながら、婿君《むこぎみ》にとお申し入れをなさるむきもございます。

き所《ところ》どころは、心《こころ》ときめきに聞《き》こえごちなどしたまふ《う》もあれば

三《さん》の宮《みや》の年《とし》にそへ《え》て心《こころ》をくだきたまふ《う》める院《いん》の姫宮《ひめみや》の御《おん》あたりを見《み》るにも、ひとつ院《いん》の内《うち》に明《あ》け暮《く》れたち馴《な》れたまへ《え》ば、事《こと》にふれても、人《ひと》のありさまを聞《き》き見《み》たてまつるに、げにいとなべてならず、心《こころ》にくくゆゑ《え》ゆゑ《え》しき御《おん》もてなし限《かぎ》りなきを、同《おな》じくは、げにかやうならむ人《ひと》を見《み》んにこそ生《い》ける限《かぎ》

匂宮が、年とともに心を砕《くだ》いて御執心らしい、冷泉院の姫宮とは、薫中将は同じ冷泉院の御殿の中に、明け暮れお暮しなので、この姫宮のいらっしゃるあたりを窺《うかが》い、何かにつけて御様子を見聞きしますが、なるほど噂に違《たが》わず人並みすぐれて、奥ゆかしく深みのある御態度がこの上なくすぐれたお方のようです。同じことなら、ほんとうにこんなお方と結婚したら、生涯心楽しく暮して行く頼りになるだろうとは思います。ところが冷泉院は、たいていのことは分け隔てなく遇して下さるのに、ただ姫宮の御身辺からは、この上なく遠ざけるように躾《しつ》けていらっしゃいます。

りの心《こころ》ゆくべきつまなれと思《おも》ひながら、おほかたこそ隔《へだ》つることなく思《おぼ》したれ、姫宮《ひめみや》の御方《おんかた》ざまの隔《へだ》ては、こよなくけ遠《どお》くならはさせたまふも、ことわりに、わづらはしければ、あながちにもまじらひ寄《よ》らず。もし心《こころ》より外《ほか》の心《こころ》もつかば、我《われ》も人《ひと》もいとあしかるべきことと思《おも》ひ知《し》りて、もの馴《な》れ寄《よ》ることもなかりけり。

薫「宮《みや》のおはしまさむ世《よ》のかぎりは、

薫中将はそれを当然とも、わずらわしいとも思われて、強《し》いて姫宮にお近づきを求めようとはなさいません。もし、自分の意志に反して、姫宮を恋する心などが生じたら、自分も姫宮もたいそう困ったことになるだろう、とよく自覚していて、馴れ馴れしく近づくこともないのでした。

「母尼宮がこの世にいらっしゃる限りは、朝夕にお逢いして、お側を離れずお仕えしてせめてもの孝養《こうよう》を尽くしたい」と、薫中将はお思いになり、それをお口にもされますので、夕霧《ゆうぎり》の右大臣は、大勢いらっしゃる姫君の誰か一人は薫中将か匂宮にとお望みになりながら、それをとても言い出すことがお

朝夕《あさゆう》に御目《おんめ》離《か》れず御覧《ごらん》ぜられ、見《み》えたてまつらんをだに」と思《おも》ひのたまへ《え》ば、右大臣《みぎのおとど》も、あまたものしたまふ《う》御《おん》むすめたちを、一人一人《ひとりひとり》はと心ざしたまひ《い》ながら、え言出《ことい》でたまは《わ》ず。賭弓《のりゆみ》の還饗《かえりあるじ》の設《もう》け、六条院《ろくじょうのいん》にて、いと心《こころ》ことにしたまひ《い》て、親王《みこ》をもおは《わ》しまさせんの心《こころ》づかひ《い》したまへ《え》り。その日《ひ》、親王《みこ》たち、大人《おとな》におは《わ》するは、みなさぶらひ《い》たまふ《う》。

出来になりません。

あくる年の正月の、賭弓《のりゆみ》の競射《きょうしゃ》の時、勝った側の饗宴《きょうえん》が、夕霧の右大臣の六条の院で、たいそう念入りに御準備して開かれました。夕霧の右大臣は、親王《みこ》にもお越しいただこうとの心積もりをしていらっしゃいます。宮中の賭弓には、親王たちの中で元服をすまされた方は、皆御出席なさいました。

后腹《きさいばら》のは、いづれともなく気高《けだか》くきよげにおはします中《なか》にも、この兵部《ひょうぶ》卿宮《きょうのみや》は、げにいとすぐれてこよなう見《み》えたまふ《う》。四《し》の皇子《みこ》、常陸《ひたち》の宮《みや》と聞《き》こゆる更衣腹《こういばら》のは、思《おもい》ひなしにや、けはひこよなう劣《おと》りたまへ《え》り。例《れい》の、左《ひだり》あながちに勝《か》ちぬ。例《れい》よりはとく事《こと》はてて、大将《だいしょう》まかでたまふ《う》。兵部卿宮《ひょうぶきょうのみや》、常陸《ひたち》の宮《みや》、后腹《きさいばら》の五《ご》の宮《みや》と、ひとつ車《くるま》にまねき乗《の》せたてまつり

明石の中宮のお子たちは、どのお方も気高くておきれいな中にも、この匂兵部卿の宮は、ほんとうにすばらしくて、この上なく美しくお見えになります。その御弟の四の宮は、常陸《ひたち》の宮と申し上げます。母君が更衣《こうい》のせいか、思いなしか、人品が格段に劣っていらっしゃいます。

例によって、今日の賭弓は左方《ひだりかた》が一方的に勝ちました。例年よりは早々と終ってしまって、勝ち方の大将、夕霧の右大臣は御退出なさいます。匂兵部卿の宮、常陸の宮、后腹《きさいばら》の五の宮をお招きして御自分の車にお乗せして、お帰りなさいました。

宰相の薫中将は負け方で、ひっそり

て、まかでたまふ《う》。

宰相中将《さいしょうのちゅうじょう》は、負方《まけがた》にて、音《おと》なくまかでたまひ《い》にけるを、夕霧「親王《みこ》たちおはします《わ》御送《おんおく》りには参《まい》りたまふ《う》まじや」と押《お》しとどめさせて、御子《みこ》の衛《え》門督《もんのかみ》、権中納言《ごんちゅうなごん》、右大弁《うだいべん》など、さらぬ上達部《かんだちめ》あまたこれかれに乗《の》りまじり、いざなひ《い》たてて、六条院《ろくじょうのいん》へおはす《わ》。道のややほどふるに、雪《ゆき》いささか散《ち》りて、艶《えん》なる黄昏時《たそかれどき》なり。

と退出なさるところを、夕霧の右大臣は、「親王たちがお越しになるのを、お見送りにいらっしゃっては」と、退出を押し止めさせて、御子息の衛門《えもん》の督《かみ》、権中納言《ごんちゅうなごん》、右大弁《うだいべん》など、そのほかの高官たちも大勢、誰彼の車にごたごたと乗りこんで、皆で誘い合わせて、六条の院へいらっしゃいました。六条の院へのやや時間のかかる道のりを行くうちに、少し雪がちらついてきて、情趣のある黄昏時《たそがれどき》になりました。

御土器《おんかわらけ》などはじまりて、ものおもしろくなりゆくに、求子舞《もとめごまい》ひてかよる袖《そで》どものうち返《かえ》す羽風《はかぜ》に、御前近《おまえちか》き梅《むめ》のいといたくほころびこぼれたる匂《にお》ひのさとうち散《ち》りわたれるに、例《れい》の、中将《ちゅうじょう》の御薫《おんかお》りのいとどしくもてはやされて、いひ知《いし》らずなまめかし。大臣《おとど》も、いとめでたしと見《み》たまふ。容貌《かたち》、用意《ようい》も常《つね》よりまさりて、乱《みだ》れぬさまにをさめたるを見《み》て、夕霧「右《みぎ》の

お杯などが廻りはじめて、一座の雰囲気が盛り上がってきた頃に、東遊《あずまあそび》の中の「求子《もとめご》」が舞われて、舞手たちの袖がひるがえって、うち返す羽風にあおられて、お庭前《にわさき》に近い梅が、今を盛りと美しく咲き誇った花の匂いを、さっとあたり一面にただよわせますと、例の通り、あの薫中将の放つ芳香が、ひとしおすばらしく引き立てられて、言いようもなく優雅な感じに匂い立ちます。

夕霧の右大臣も、いかにもすばらしい方だと感じいっていらっしゃいます。薫中将の容姿や態度がいつにもまして立派に見え、威儀《いぎ》を正してとり澄ましているのを見て、「右の中将も、

中将《すけ》も声加《こえくわ》へ《え》たまへ《え》や。いたう《と》客人《まろうと》だたしや」とのたまへ《え》ば、憎《にく》からぬほどに、薫「神《かみ》のます」など。

一緒にお歌いなさい。そんなにお客ぶらずにどうですか」とおっしゃいますので、宴会の興をそがない程度に、薫中将は、〈立つや八乙女《やおとめ》　神のますこの御社《みやしろ》に〉などとお歌いになります。



「幻《まぼろし》」の帖と、この帖の間に八年間の空白《くうはく》がある。光源氏亡き後の登場人物たちの生活の推移《すいい》をこの帖で大方説明している。源氏の声望《せいぼう》を継ぐような人物はその子孫の中にもいないようであった。わずかに今上と明石《あかし》の中宮《ちゅうぐう》の間に生れた三の宮と、女三の尼宮に生れた、実は柏木《かしわぎ》の衛門《えもん》の督《かみ》との秘密の子である若君とが、美貌《びぼう》の評判が高かった。

女三の尼宮の若君は表向きは源氏の子ということになって育っている。生れつき不思議な芳香《ほうこう》を持つ体質である。三の宮はこの若君より一歳年上だが、幼い時から一緒に遊び仲良く育っているので、何かにつけて張り合うようになっている。丁度昔の光源氏と頭《とう》の中将《ちゅうじょう》のような関係に似ている。三の宮は薫《かお》りを放つ若君に負けまいとして、名香《めいこう》を苦心して調合《ちょうごう》し、それを衣服や髪につねに薫《た》きしめて、体臭のように身につけてしまった。

二人が成長して三の宮は兵部卿《ひょうぶきょう》に、女三の尼宮の若君が中将になった頃、世人は一人を匂兵部卿の宮あるいは匂宮《におうのみや》と呼び、もう一人を薫《かおる》中将と呼ぶようになっていた。匂宮は紫《むらさき》の上《うえ》から伝領《でんりょう》した二条の院に住んでいる。性質が祖父の光源氏に一番似ていて、明るく華やかで、多情で色好みの点も受けついでいる。薫は母の女三の尼宮が住んでいる三条の宮邸で成長した。長ずるにつれ、何となく自分の出生の秘密を感じるようになり、物思いに沈みがちな憂愁《ゆうしゅう》の翳《かげ》をもつ若者に育っている。

光源氏在世の頃とは六条の院の様相《ようそう》もすっかり変っていた。女三の尼宮は三条の宮邸に、花散里《はなちるさと》の君は六条の院を出て、今は二条の東院に移っている。六条の院には明石の君がそのまま住み、明石の中宮も里邸としている。明石の中宮腹の女一の宮は、紫の上の住んでいた南の町の東の対に住んでいる。三の宮の兄で、夕霧《ゆうぎり》の次女と結婚している二の宮は、六条の院の寝殿を里邸にしている。夕霧は花散里のいた六条の院の東北の町の御殿に、一条の宮邸から柏木の未亡人女二の宮を迎え、今では三条の邸の雲居《くもい》の雁《かり》のところと、月に十五日ずつ律儀に通い分けている。

薫は源氏のはからいで冷泉院《れいぜいいん》の猶子《ゆうし》となり、院と秋好《あきこの》む中宮の寵《ちょう》を得て元服《げんぷく》も冷泉院で行い、その秋には右近《うこん》の中将になる。薫中将と呼ばれるのはこの官名による。匂宮は冷泉院の女一の宮に思いを寄せているが、夕霧は典侍《ないしのすけ》腹《ばら》の美人の評判の高い六の君を、匂宮か薫のどちらかにと望んでいる。そのため、六の君を女二の宮の養女にして、貴族の姫らしく養育してもらっている。

正月十八日、夕霧は六条の院で賭弓《のりゆみ》の勝方の主《あるじ》のする饗宴《きょうえん》を行い、薫も匂宮もその宴に出席した。

# 浮舟《うきふね》

宮《みや》、なほかのほのかなりし夕《ゆうべ》を思《おぼ》し忘《わす》るる世《よ》なし。ことごとしきほどにはあるまじげなりしを、人柄《ひとがら》のまめやかにをかしうもありしかなと、いとあだなる御心《みこころ》は、口惜《くちお》しくてやみにしこととねたう思《おぼ》さるるままに、女君《おんなぎみ》をも、「かうはかなきこと《こ》ゆゑ《え》、あながちに

**薫**（二十七歳）

匂宮《におうのみや》は、今もやはり、あのほんの短い間不思議な女とお逢いになった夕暮のことをお忘れになる時もありません。それほど重々しい身分の人とも思わなかったけれど、人柄がほんとうに可愛らしくて魅力があったとお思いになります。日頃の実に浮気な御性分では、あの時、思いを遂《と》げることが出来ないまま、残念にも別れてしまったことだと、口惜《くや》しく思っていらっしゃいます。

かかる筋《すじ》のもの憎《にく》みしたまひ《い》けり。思《おも》は《わ》ずに心憂《こころう》し」と辱《はずかし》め恨《うら》みきこえたまふ《う》をりをりは、いと苦しう《くるしゅう》て、ありのままにや聞《き》こえてましと思《おぼ》せど、やむごとなきさまにはもてなしたまは《わ》ざなれど、あさはかならぬ方《かた》に心《こころ》とどめて人《ひと》の隠《かく》しおきたまへ《え》る人《ひと》を、ものの言《い》ひ《い》さがなく聞《き》こえ出《い》でたらんにも、さて聞《き》きすぐしたまふ《う》べき御心《みこころ》ざまにもあらざめり、さぶらふ《う》人《ひと》の中《なか》に

それだけに中《なか》の君《きみ》に対しても、女を隠したのだろうと邪推《じゃすい》なさって、「こんなつまらないほんのちょっとしたことなのに、むやみにわたしとの間を嫉《しっ》妬《と》なさって、女を憎まれたとは。あなたも思いがけないいやなことをなさるのですね。情けない」と、度々《たびたび》侮辱《ぶじょく》したり、恨み言をおっしゃったりなさいますので、その度ごとに中の君もたまらなく辛《つら》くて、いっそ何もかもほんとうのことを打ちあけてしまおうかとお思いになるのですけれど、

「薫《かおる》の君《きみ》があぁして、たとえ正式の結婚相手のようなお扱いはなさらないまでも、並々でない深い愛情を寄せて隠しておいでになる人のことを、自分の

も、はかなうものをものたまひ触《の》れん《いふ》と思《おぼ》したちぬるかぎりは、あるまじき里《さと》まで尋《たず》ねさせたまふ御《う》さま《おん》よからぬ御本性《ごほんじよう》なるに、さばかり月日《つきひ》を経《へ》て思《おぼ》しめるあたりは、ましてかならず見苦《みぐる》しきこと取《と》り出《い》でたまひてむ、外《ほか》より伝《つたえ》へ聞《き》きたまはん《わ》はいかがはせん、いづ方《かた》ざまにもいとほ《お》しくこそはありとも、防《ふせ》ぐべき人《ひと》の御心《みこころ》ありさまならねば、よその人《ひと》よりは聞《き》きにくく

お喋《しゃべ》りで告げ口したような場合でも、とてもそれだけでお聞き流しにされるような匂宮の御性分ではないようだ。お仕《つか》えしている女房《にょうぼう》たちの中にも、出来心からちょっと口説《くど》いてみたり、手をつけてみようとお思いになった者は、お立場からはとんでもないような女の実家までも、追いかけていらっしゃるという、お行儀の悪い色好みの御本性なのだ。あれから相当月日が過ぎているのに、まだあんなに思いつめていらっしゃる方のことだから、そのうちきっと、見苦しい事件を引き起こされるだろう。もし、よそからお耳にされるのだったら仕方がない。薫の君にも、あの妹にもお気の毒なことになっ

などばかりぞおぼゆべき、とてもかくても、わが怠《おこた》りにてはもてそこなは《わ》じ、と思《おも》ひ《い》返《かえ》したまひ《い》つつ、いとほ《お》しながらえ聞《き》こえ出《い》でたまは《わ》ず、ことざまにつきづきしくは、え言《い》ひ《い》なしたまは《わ》ねば、おしこめてもの怨《えん》じしたる世《よ》の常《つね》の人《ひと》になりてぞおは《わ》しける。かの人《ひと》は、たとしへ《え》なくのどかに思《おぼ》しおきてて、待《ま》ち遠《どお》なりと思《おも》ふ《う》らむと、心苦しう《こころぐるしゅう》のみ思ひ《おもい》やりたまひ《い》な

たとしても、それをお止めできるような匂宮の御性質や御態度ではないから、もしそんな不都合なことが起これば、ほかの人と事を起こした場合よりは、姉の立場として、さぞ外聞の悪い思いぐらいはさせられるにちがいない。どっちみち、わたしとしては、自分の油断から何か事を起こす引き金になるようなことだけはしないように気をつけよう」

と、考え直されて、お気の毒なものの、匂宮には、薫の君と妹君のことはお知らせしなかったのでした。そうは言っても、御性分として嘘《うそ》をつくことも、また、もっともらしい作りごとでごまかすこともお出来にならないの

がら、ところせき身《み》のほどを、さるべきついでなくて、かやすく通《かよ》ひたまふ《う》べき道《みち》ならねば、神《かみ》のいさむるよりもわりなし。

渡《わた》すべき所《ところ》思《おぼ》しまうけ《も》て、忍《しの》びてぞ造《つく》らせたまひ《い》ける。すこし暇《いとま》なきや《よ》うにもなりたまひ《い》にたれど、宮《みや》の御方《おんかた》には、なほ《お》たゆみなく心寄《こころよ》せ仕《つこ》うまつりたまふ《う》こと同《おな》じやう《よ》なり。見《み》たてまつる人《ひと》もあやしきまで思《おもえ》へれど、世《よ》の

で、何もかも御自分の胸ひとつに畳み込まれて、夫の浮気に嫉妬している世間によくある女のふりをしていらっしゃいます。

あの薫の君のほうは、たとえようもないほどのんびりとお考えになっていらっしゃいます。

「あの人は自分の訪れをさぞ待ち遠しがっていることだろう、可哀そうに」と、いつも宇治《うじ》の女を思いやってはいらっしゃるのですが、思いのままに振舞えない高い地位や御身分柄、さしせまった用件のついででもないかぎり、そう易々《やすやす》と通えるところではありません。神のお諫《いさ》めになる道よりももっと辛く困っていらっしゃいます。

中《なか》をやう《よ》やう《よ》思《おぼ》し知《し》り、人《ひと》のありさまを見《み》聞《き》きたまふ《う》ままに、これこそはまことに、昔《むかし》を忘《わす》れぬ心長《こころなが》さのなごりさへ《え》浅《あさ》からぬためしなめれとあは《わ》れも少《すく》なからず。

正月《むつき》の朔日《ついたち》過《す》ぎたるころ渡《わた》りたまひ《い》て、若君《わかぎみ》の年《とし》まさりたまへ《え》るをもてあそびうつくしみたまふ《う》、昼《ひる》つ方《かた》、小《ちい》さき童《わらわ》、緑《みどり》の薄様《うすよう》なる包文《つつみぶみ》のおほ《お》きやかなるに、小《ちい》さき鬚籠《ひげこ》を小松《こまつ》につけた

女君を移す家を、京の三条の宮近くに秘《ひそ》かに用意して新築していらっしゃいます。女二の宮をお迎えしたり、今また宇治の女君の世話もあり、薫の君はあまり暇がなくなりましたが、中の君には相変わらずずっと、お心を寄せ、何かとお世話申し上げていることは、以前と同じようです。その奉仕ぶりを拝見している女房たちも、不思議にさえ思いますが、男女の情愛についても、ようやくおわかりになってこられた中の君は、薫の君のなさることを見聞きなさるにつけて、「このお方こそ真実愛情深く、昔の、姉君との恋をいつまでも忘れないで、その縁で、自分にまで深い情愛を持ちつづけていら

る、また、すくすくしき立文《たてぶみ》とりそへ《え》て、奥《おう》なく走《はし》り参《まい》る、女君《おんなぎみ》に奉《たてまつ》れば、宮《みや》、「それは、いづくよりぞ」とのたまふ《う》。

童「宇治《うじ》より大輔《たいふ》のおとどにとて、もてわづらひ《い》はべりつるを、例《れい》の、御前《おまえ》にてぞ御覧《ごらん》ぜんとて取《と》りはべりぬる」と言《い》ふ《う》もいとあわたたしきけしきにて、童「この籠《こ》は、金《かね》をつくりて、色《いろ》どりたる籠《こ》なりけり。松《まつ》もいとよう似《に》

っしゃるという珍しい例だろう」と、さすがに深く感動しておいでになります。

正月の初めを過ぎた頃、匂宮が二条の院にお越しになられて、お年を一つおとりになった若君をあやしながら、可愛がっていらっしゃいます。昼頃、小さな女童《めのわらわ》が、緑の薄い紙で包んだ大きめの手紙に、小さな鬚籠《ひげこ》を小松の枝につけたのと、別にもう一通、堅苦しく四角ばった立文《たてぶみ》を添えて、無遠慮に走ってきて、中の君にさし上げます。

匂宮が、「それはどこからのか」と女童にお尋ねになりますと、「宇治から、お使いが、大輔《たいふ》さまにさし上げま

て作《つく》りたる枝《えだ》ぞとよ」と笑《え》みて言《い》ひ《い》つづくれば、宮《みや》も笑《わら》ひ《い》たまひ《い》て、匂宮「いで、我《われ》もてはやしてむ」と召《め》すを、女君《おんなぎみ》、いとかたは《わ》らいたく思《おぼ》して、中の君「文《ふみ》は大輔《たいふ》がりやれ」とのたまふ《う》、御顔《おんかお》の赤《あか》みたれば、宮《みや》、大将《だいしょう》のさりげなくしなしたる文《ふみ》にや、宇治《うじ》の名《な》のりもつきづきしと思《おぼ》し寄《よ》りて、この文《ふみ》を取《と》りたまひ《い》つ。

さすがに、それならん時《とき》にと思《おぼ》す

すと持ってきました。でも、勝手がわからずまごまごしていましたので、いつものように北の方が御覧になるのだろうと思って、わたくしが受け取りました」と言うのも、ひどくあわてた落ち着きのない様子で、「この籠は金《かね》で造って、色をつけたものでございますわね。松の枝も実に本物によく似せて作ってありますよ」と、はしゃいでにこにこしながら喋《しゃべ》りつづけますので、匂宮も笑いだされて、「どれ、わたしもひとつ鑑賞させてもらおうかな」と、それをお取りになるのを、中の君はひどくお困りになって、「手紙は大輔のところにお渡しなさい」と、女童におっしゃいます。

に、いとまばゆければ、匂宮「開《あ》けて見《み》むよ。怨《えん》じやしたまは《わ》んとする」とのたまへ《え》ば、中の君「見《み》苦《ぐる》しう《しゅう》。何《なに》かは、その女《おんな》どちの中《なか》に書《か》き通《かよわ》はしたらむうちとけ文《ふみ》をば御覧《ごらん》ぜむ」とのたまふ《う》が、騒《さわ》がぬ気色《けしき》なれば、匂宮「さば、見《み》むよ。女《おんな》の文書《ふみが》きはいかがある」とて開《あ》けたまへ《え》れば、いと若《わか》やかなる手《て》にて、浮舟「おぼつかなくて年《とし》も暮《く》れはべりにける。山里《やまざと》のいぶせさ

そのお顔が赫《あか》くなっているのを御覧になった匂宮は、「もしかしたら薫の君のわざとさりげなく見せた手紙かもしれない。わざわざ宇治からというのも、もっともらしくて怪しい」とお思いになって、その手紙を取り上げておしまいになりました。

けれども、それが実際薫の君の手紙であった場合にはとお考えになると、さすがに照れ臭いので、「開けて見ますよ。後でお恨みになるかな」と、おっしゃいますので、中の君は、「みっともない。女どうしのやりとりする内々《うちうち》の手紙など、どうして御覧になりたいのでしょう」とおっしゃいますが、一向に慌《あわ》てた表情でもありません

こそ、峰《みね》の霞《かすみ》も絶《た》え間《ま》なくて」とて、端《はし》に、「これも若宮《わかみや》の御前《ごぜん》に。あやしうはべるめれど」と書《か》きたり。

わが御方《おんかた》におはしまして、あやしうもあるかな、宇治《うじ》に大将《だいしょう》の通《かよい》ひたまふことは年《とし》ごろ絶《た》えずと聞《き》く中《なか》にも、忍《しの》びて夜《よる》とまりたまふ時《とき》もありと人《ひと》の言《い》ひしを、いとあまりなる、人《ひと》の形見《かたみ》とてさるまじき所《ところ》に旅寝《たびね》したまふらむこと思《おもい》ひつるは、かやうの人隠《ひとかく》しおき

ので、「では見ますよ。女どうしの手紙はどんなふうに書くのか」と、手紙を開けて御覧になります。

その手紙はたいそう若々しい筆跡で、「長らく御無沙汰《ごぶさた》申し上げておりますうちに、はや、年も暮れてしまいました。山里はさびしく気持も沈みこみます。まわりの山々の峰には、霞《かすみ》が立ちこめて消えませんので」などと書いてある端のほうに、「これを若君にさし上げて下さい。変なものでしょうけれど」と、書いてあります。

匂宮は、御自分の部屋にお帰りになりますと、「不思議なことがあるものだ。宇治に薫の君が通っていらっしゃるのは、もうずいぶん長年にわたると

たまへ《え》るなるべしと思《おぼ》し得《う》ることもありて、御書《おんふみ》のことにつけて使《つかい》ひたまふ《う》大内記《だいないき》なる人《ひと》の、かの殿《との》に親《した》しきたよりあるを思《おぼ》し出《い》でて、御前《おまえ》に召《め》す。参《まい》れり。韻塞《いんふたぎ》すべきに、集《しゅう》ども選《え》り出《い》でて、こなたなる厨子《ずし》に積《つ》むべきことなどのたまは《わ》せて、匂宮「右大将《うだいしょう》の宇治《うじ》へいますることなほ《お》絶《た》えはてずや。寺《てら》をこそ、いとかしこく造《つく》りたなれ。いかでか見《み》るべき」とのたまへ《え》

聞いていたが、その間にもこっそり泊まられる時もあるとか、誰かが噂《うわさ》していた。いくら亡き人の形見のお邸《やしき》とは言え、そんなところによくひとりで泊まられるのは酔狂《すいきょう》だと思っていたが、さてはこういう女を隠しておきになったのか」と、思い当たられるところもありました。漢籍のことでお使いになっていられる大内記《だいないき》という役で、薫の君にも親しくしていらっしゃる人をお思い出しになって、お前にお呼び寄せになりました。

そこで大内記が参りました。匂宮は、「韻塞《いんふた》ぎをしたいのだが、詩文の集など選び出して、こちらの厨子《ずし》に積んでほしい」などとお命じになりまし

ば、大内記「いといかめしく造《つく》られて、不断《ふだん》の三昧堂《さんまいどう》などいと尊《とうと》く掟《おき》てられたりとなむ聞《き》きたまふ《う》る。通《かよ》ひたまふ《う》ことは、去年《こぞ》の秋《あき》ごろよりは、ありしよりもしばしばものしたまふ《う》なり。下《しも》の人々《ひとびと》の忍《しの》びて申《もう》ししは、女《おんな》をなむ隠《かく》し据《す》ゑ《え》させたまへ《え》る、けしう《しゅう》はあらず思《おぼ》す人《ひと》なるべし」と聞《き》こゆ。

いとうれしくも聞《き》きつるかなと思《おも》ほして、匂宮「たしかにその人《ひと》とは言《い》は《わ》

て、その後でさりげなく、「薫の右大将が宇治へお通いになるのは、この頃も相変わらずつづいているのだろうか。たしか寺をずいぶん立派に建てられたというね。ぜひわたしも見に行きたいものだが」とおっしゃいますと、大内記は、「その寺は、ずいぶん立派に御造営になりまして、不断念仏《ふだんねんぶつ》をする三昧堂《さんまいどう》なども、まことに尊く造られるようにと、有り難い御指示がおありだったとか、わたしはそのように聞いております。薫の大将が宇治にお通いなさるのは、去年の秋頃から、それまでよりもずっと頻繁《ひんぱん》におなりのようでございます。あちらの下人《しもびと》などがこっそり申しますには『女を密かに隠して

ずや。かしこにもとよりある尼《あま》ぞとぶらひたまふと聞《き》きし」、大内記「尼《あま》は廊《ろう》になむ住《す》みはべるなる。この人《ひと》は、今《いま》建《た》てられたるになむ、きたなげなき女《にょう》房《ぼう》などもあまたして、口惜《くちお》しからぬけはひ《い》にてゐ《い》てはべる」と聞《き》こゆ。

この人《ひと》は、かの殿《との》にいと睦《むつ》ましく仕《つこ》うまつる家司《けいし》の婿《むこ》になむありければ、隠《かく》したまふことも聞《き》くなるべし。御心《みこころ》の中《うち》には、いかにしてこの人《ひと》を見《み》し人《ひと》

おいでになる。まんざらでなく愛していらっしゃるお人なのだろう』ということでございます」と、申し上げます。

匂宮は、たいそう嬉《うれ》しいことを聞いたとお思いになって、「下人ははっきりと、誰だと、その人の名は言わなかったか。あちらに前々から住んでいる尼を大将は見舞っているのだと、わたしは聞いたが」と、お訊《き》きになりますと、「尼は、渡り廊下に住んでおります。その女のほうは、今度新築された寝殿に、小綺麗《こぎれい》な女房たちたくさんにかしずかれて、満足な様子で暮しているようでございます」と申し上げます。

かとも見定《みさだ》めむ、かの君《きみ》の、さばかりにて据ゑ《すえ》たるは、なべてのよろし人《ひと》にはあらじ、このわたりには、いかで疎《うと》からぬにかはあらむ、心《こころ》をかは《わ》して隠《かく》したまへ《え》りけるも、いとねた《と》うおぼゆ。

ただ、そのことを、このごろは思《おぼ》ししみたり、賭弓《のりゆみ》、内宴《ないえん》など過《す》ぐして心《こころ》のどかなるに、司召《つかさめし》などいひ《い》て人《ひと》の心《こころ》尽《つ》くすめる方《かた》は何《なに》とも思《おぼ》さねば、宇治《うじ》

この大内記は、あの薫の君にたいそう親しくお仕えしている家司《けいし》の婿《むこ》にあたりますので、薫の君の秘密にしていらっしゃることも、自然耳に入るのでしょう。匂宮のお心のうちでは、「何とかしてその女《ひと》を、いつか二条の院でこの目で見た女かどうか見定めたい。あの薫の君が、そんなに大切にして隠しておいたのは、並々の女というのではあるまい。その女と中の君がどうして仲が好《よ》いのだろう。薫の君が中の君と心を合わせてその女を隠されたのも、実に妬《ねた》ましい」、そう思うとひたすらそのことばかりをこの頃は心に深く思いつめていらっしゃいます。

正月の賭弓《のりゆみ》や、仁寿殿《じじゆうでん》の内宴《ないえん》の儀式

へ忍《しの》びておはしまさんことをのみ思《おぼ》しめぐらす。

大内記「おはしまさんことは、いと荒《あら》き山越《やまご》えになむはべれど、ことにほど遠《とお》くはさぶらはずなむ。夕《ゆう》つ方《かた》出でさせおはしまして、亥子《いね》の刻《とき》にはおはしまし着《つ》きなむ。さて暁《あかつき》にこそは帰《かえ》らせたまはめ。人《ひと》の知《し》りはべらむことは、ただ御供《おんとも》にさぶらひはべらむこそは。それも、深《ふか》き心《こころ》はいかでか知《し》りは

なども終ってしまいますと、気持にゆとりの出来る頃で、地方官の司《つかさ》召《め》しなどがあり、人々が気を揉《も》むようなことは、匂宮は何の関心もありません。ただ、宇治へこっそりお出かけになることばかりを、考えめぐらせています。

大内記は、「宇治にお出かけになりますのには、まことに険《けわ》しい山道を越えなければなりませんが、さして遠い道のりではございません。夕方、京を御出発なさいまして、その夜の十時から十二時位までにはお着きになれましょう。そして夜明け方には京にお帰りになられるのがよろしゅうございましょう。そうすれば人に知られてもお供

べらむ」と申《もう》す。

御供《おんとも》に、昔《むかし》もかしこの案内《あない》知《し》れりし者二三人《ものふたりみたり》、この内記《ないき》、さては御乳母子《おんめのとご》の蔵人《くろうど》よりかう《こ》ぶり得《え》たる若《わか》き人《ひと》、睦《むつ》ましきかぎりを選《え》りたまひ《い》て、大将《だいしょう》、今日明日《きょうあす》はよもおは《わ》せじなど、内記《ないき》によく案内《あない》聞《き》きたまひ《い》て、出《い》で立《た》ちたまふ《う》につけても、いにしへ《え》を思《おぼ》し出《い》づ。あやしきまで心《こころ》をあは《わ》せつつ率《い》て歩《あり》きし人《ひと》のためにも、うしろめたきわざにも

の者だけでございます。それも深い事情などはどうしてわかるはずがございましょう」と申し上げます。

お供には、以前中《なか》の君《きみ》に通った時もお供して行って、宇治のことをよく知っている者だけを二、三人と、この内記、ほかに御乳母子《めのとご》の蔵人《くろうど》から五位に叙せられた若者など、ごく親しい者だけを選び出して、「薫の君は、今日、明日は、まさか宇治にはいらっしゃらないでしょう」などと、内記によく事情をさぐらせて、御出発なさいます。それにつけても、昔、同じ道を中の君に通ったことが思い出されます。「あの頃、不思議なくらい、わたしに味方して、いつも一緒に宇治に行ってくれ

あるかなと、思《おぼ》し出《い》づることもさまざまなるに

急《いそ》ぎて、宵過《よいす》ぐるほどにおはしましぬ。内記《ないき》、案内《あない》よく知《し》れるかの殿《との》の人《ひと》に問《と》ひ聞《いき》きたりければ、宿直人《とのいびと》ある方《かた》には寄《よ》らで、葦垣《あしがき》しこめたる西面《にしおもて》をやをらすこしこぼちて入《い》りぬ。

我《われ》も、さすがに、まだ見《み》ぬ御住《おんす》まひなれば、たどたどしけれど、人繁《ひとしげ》うなどしあらねば、寝殿《しんでん》の南面《みなみおもて》にぞ灯《ひ》ほ

た薫の君のために、今、こんな後ろめたいことをするようになったことよ」と、さまざまなことをお思い出しになるのでした。

道を急いで、宵《よい》過ぎには宇治にお着きになりました。内記が、様子をよく知っている薫の君のお邸の者から、山荘の様子を聞いて来ましたので、夜番《よばん》の者がいるほうには近寄らないで、葦《あし》垣《がき》を巡《めぐ》らせてある西側に廻って、そうっと垣を少々こわして中へ入りました。

案内をするものの、さすがに自分もはじめての邸なので、よくわからず怪しいものですが、どうやら人も多くはない様子なので、どうにか寝殿の近く

の暗《ぐろ》う見《み》えて、そよそよとする音《おと》する。参《まい》りて、大内記「まだ人《ひと》は起《お》きてはべるべし。ただこれよりおはしまさむ」としるべして、入《い》れたてまつる。灯明《ひあこ》うともして物縫《ものぬ》ふ人三四人《ひとみたりよたり》ゐ《い》たり。童《わらわ》のをかしげなる、糸《いと》をぞよる。これが顔《かお》、まづかの灯影《ほかげ》に見《み》たまひ《い》しそれなり。うちつけ目《め》かとなほ疑《うたがわ》はしきに、右近《うこん》と名《な》のりし若《わか》き人《ひと》もあり。何《なに》ばかりの親族《しぞく》にかはあらむ、いと

にたどりつくと、南座敷に灯《ひ》がほの暗く見えて、さらさらと衣《きぬ》ずれの音がします。内記は匂宮のところに来て、「まだ女房たちは起きているようでございます。かまわずここからお入りなさいませ」と案内して、中にお入れしました。

灯を明るくともして、三、四人の女房が何か縫っています。女童の可愛らしいのが糸を縒《よ》っています。この子の顔が、あの時二条の院の灯影《ほかげ》にたしかに最初に見かけた女童のにちがいありません。とっさに見た目の見まちがいかと、やはり疑わしく思っていますと、あそこでたしか右近《うこん》と呼ばれていた若い女房もおります。

よくも似《に》通《かよい》ひたるけはひかな、と思《おも》ひくらぶるに、心恥《こころは》づかしげにてあてなるところは、かれはいとこよなし、これは、ただ、らうたげ《ろ》にこまかなるところぞいとをかしき。よろしう、なりあはぬ《わ》ところを見《み》つけたらむにてだに、さばかりゆかしと思《おぼ》ししめたる人《ひと》を、それと見《み》てさてやみたまふ《う》べき御《み》心《こころ》ならねば、まして隈《くま》もなく見《み》たまふ《う》に、いかでかこれをわがものにはなす

「中の君とこの姫君とは、どういう関係の血縁なのだろう。それにしても、何と二人はよくまあ感じが似ていることだ」と匂宮はお二人を心中比べて御覧になりますと、気のひけるほど奥ゆかしく、気品のあるところは、中の君のほうが格段にすぐれていらっしゃいます。

こちらの女君は、ただ可愛らしくて、きめが細やかで美しい点に惹《ひ》かれます。まあまあ及第《きゅうだい》といった程度の不充分な点を見つけたとしても、あれほど逢いたいと熱望していた人こそ、この人なのだと、現実に目の前になさいましては、そのまま引き下がるようなら匂宮の御性分ではありませんので、以

べきと、心《こころ》もそらになりたまひて、なほまもりたまへば、右近《うこん》、「いとねぶたし。昨夜《よべ》もすずろに起《お》き明《あ》かしてき。つとめてのほどにも、これは縫《ぬ》ひてむ。急《いそ》がせたまふとも、御車《みくるま》は日《ひ》たけてぞあらむ」と言《い》ひて、しさしたるものどもとり具《ぐ》して、几帳《きちょう》にうち懸《か》けなどしつつ、うたた寝《ね》のさまに寄《よ》り臥《ふ》しぬ。君《きみ》もすこし奥《おく》に入《い》りて臥《ふ》す。右近《うこん》は北面《きたおもて》に行《い》きて、し

前にも増して、残るところなく仔細《しさい》に御覧になります。「どうしたら、この人を自分のものにすることが出来ようか」と、心も上《うわ》の空《そら》で、夢中になってなおじっと見ていらっしゃいます。

右近が、「ああ、ほんとうに眠い。昨夜もついうっかり夜明けまで起きてしまいました。明日の朝早いうちに、これを縫いあげてしまいましょう。たとい母北の方がどんなにお急ぎになられても、迎えのお車が着くのは、日が高くなってからでしょう」と言って、縫いかけているものを取り揃えて、几《き》帳《ちょう》に掛けたりしながら、うたた寝の格好で物に寄りかかって寝てしまいました。女君も少し奥へ入ってお寝《やす》みにな

ばしありてぞ来《き》たる、君《きみ》の後近《あとちか》く臥《ふ》しぬ。

ねぶたしと思ひ《おもい》ければ、いとう寝《ね》入《い》りぬるけしきを見《み》たまひ《い》て、またせむや《よ》うもなければ、忍《しの》びやかにこの格《こう》子《し》を叩《たた》きたまふ《う》。右《う》近《こん》聞《き》きつけて、「誰《た》そ」と言《い》ふ《う》。声《こわ》づくりたまへ《え》ば、あてなる咳《しわぶき》と聞《き》き知《し》りて、殿《との》のおは《わ》したるにやと思ひ《おもい》て起《お》きて出《い》でたり。

匂宮「まづ、これ開《あ》けよ」とのたまへ《え》

ります。右近が起きて、北面の自分の部屋に行き、しばらくしてまた戻って来て、女君の足許近くに横になりました。

眠たいと右近は言っていたので、すぐ寝入ってしまった気配を見届けてから、匂宮は、ほかにしようもないので、忍びやかに、そっとそこの格子を叩《たた》かれました。右近がそれを聞きつけて、「どなた」と尋ねます。匂宮が声を作って品のよい咳払《せきばら》いをなさると、右近はそれだけで貴いお方の咳払いだと気づいて、薫の君がお越しになったのだろうと思い、起きて格子戸のところまで出てきました。

「とにかく、格子を上げなさい」と匂

ば、右近「あやしう《しゅう》。おぼえなきほどにもはべるかな。夜《よ》はいた《と》う更《ふ》けはべりぬらんものを」と言《い》ふ《う》。匂宮「ものへ渡《わた》りたまふ《う》べかなりと仲信《なかのぶ》が言《い》ひ《い》つれば、おどろかれつるままに出《い》で立《た》ちて。いとこそわりなかりつれ。まづ開《あ》けよ」とのたまふ《う》声《こえ》、いとようまねび似《に》せたまひ《い》て、忍《しの》びたれば、思ひ《おもい》も寄《よ》らずかい放《はな》つ。

匂宮「道《みち》にて、いとわりなく恐《おそ》ろしき

宮がおっしゃいますと、「何だか変ですこと。ずいぶん思いがけない時刻にいらっしゃいましたね。夜もすっかり更《ふ》けてしまったようですのに」と右近が言います。匂宮は、「物詣《ものもう》でにお出かけになるらしいと、仲信《なかのぶ》が言ったので、びっくりしてすぐ出発してきた。山の径《みち》がどうしようもなく真っ暗で、いやもうひどい目にあった。とにかく格子を早く」とおっしゃるそのお声は、薫の君のお声に全くそっくりに似せていて、声も小さくしていますので、右近は匂宮とは全く思いよらず、格子戸を開け放ちます。

「道中、何ともいえないほど恐ろしい目にあったので、みっともない姿をし

ことのありつれば、あやしき姿《すがた》になりてなむ。灯暗《ひくろ》うなせ」とのたまへ《え》ば、右近「あないみじ」とあわてまどひ《い》て、灯《ひ》は取《と》りやりつ。匂宮「我人《われひと》に見《み》すなよ。来《き》たりとて、人《ひと》おどろかすな」と、いとらうらう《ろろ》じき御心《みこころ》にて、もとよりもほのかに似《に》たる御声《みこえ》を、ただかの御《おん》けはひに《い》まねびて入《い》りたまふ《う》。

ゆゆしきことのさまとのたまひ《い》つる、いかなる御姿《みすがた》ならんといとほ《お》しく

ている。灯を暗くしておくれ」とおっしゃいますと、右近は、「まあ、大変」とあわてふためいて、灯を物陰に片づけました。匂宮は、「わたしの姿を女房たちに見せてはいけない。来たことも人に言わず、誰も起こさないように」と、そんなことはいたってお上手な方なので、もともと少し似ているお声を、すっかり薫の君の口ぶりに似させただけで、うまくごまかし、奥へお入りになりました。

ひどい目にあったとおっしゃったお姿は、どんな御様子なのだろうと、右近はおいたわしく思って、自分も物陰に隠れて、こっそり拝見します。そのお姿は、ずいぶんほっそりなさり、柔

て、我《われ》も隠《かく》ろへて見《み》たてまつる。いと細《ほそ》やかになよなよと装束《そうぞ》きて、香《か》のかうばしきことも劣《おと》らず。近《ちこ》う寄《よ》りて、御衣《おんぞ》ども脱《ぬ》ぎ、馴《な》れ顔《がお》にうち臥《ふ》したまへ《え》れば、右近「例《れい》の御座《おまし》にこそ」など言へ《いえ》ど、ものものたまはず。御衾《おんふすま》まゐ《い》りて、寝《ね》つる人々起《ひとびとお》こして、すこし退《しぞ》きてみな寝《ね》ぬ。

女君《おんなぎみ》は、あらぬ人《ひと》なりけりと思《おも》ふに、あさましうい《しゅう》みじけれど、声《こえ》をだ

らかなお召物をお召しになっていて、薫《た》きしめた香《こう》の匂いのすばらしいことも、薫の君に劣りません。

匂宮はお寝みになっている女君のお側に近寄り、お召物をお脱ぎになり、女君薫の君を装って物馴れたふうに、女君にぴったり寄り添って横になられました。右近は、「どうぞ、いつもの御寝所へ」と、言いますが、匂宮は黙っていらっしゃいます。右近は、御夜具《やぐ》をお掛けして、そこに寝ていた女房たちを起こして、少し引き下がらせてから、皆寝入ってしまいました。

女君は、これは薫の君とは別人だと気がついた時には、あまりのことに呆《あき》れ、ひどく困りはてましたけれど、匂

にせさせたまは《わ》ず。いとつつましかりし所《ところ》にてだに、わりなかりし御心《みこころ》なれば、ひたぶるにあさまし。

はじめよりあらぬ人《ひと》と知《し》りたらば、いかが言《い》ふ《う》かひ《い》もあるべきを、夢《ゆめ》の心《ここ》地《ち》するに、や《よ》うや《よ》う、そのをりのつらかりし、年月《としつき》ごろ思《おも》ひ《い》わたるさまのたまふ《う》に、この宮《みや》と知《し》りぬ。

いよいよ恥《は》づかしく、かの上《うえ》の御事《おんこと》など思《おも》ふ《う》に、またたけきことなけれ

宮は女君に声もあげさせないようなさいます。あの、ずいぶん気がねだった二条の院の時でさえ、耐えがたいほど無理を通そうとのお気持を見せられたお方なので、ここではもう、お心にまかせて浅ましいばかりに、思うままに女君をお扱いになります。

初めから、薫の君ではない人だとわかっていたら、少しはうまくあしらう方法もあったかもしれないけれど、全く気づかなかったので、こんな夢のような信じられないことになってしまううちに、男君が、あの最初の日の口惜しかったことや、あれ以来、ずっと忘れることなく思いつづけていらっしゃったことなどお話しになるので、この

ば、限《かぎ》りなう泣《な》く。宮《みや》も、なかなかにて、たは《わ》やすく逢《あ》ひ《い》見《み》ざらむことなどを思《おぼ》すに泣《な》きたまふ《う》。夜《よ》はただ明《あ》けに明《あ》く。御供《おんとも》の人来《ひとき》て声《こわ》づくる。右近聞《うこんき》きて参《まい》れり。

この右近《うこん》を召《め》し寄《よ》せて、匂宮「いと心地《ここち》なしと思《おも》はれぬべけれど、今日《きょう》はえ出《い》づまじう《じゅう》なむある。男《おのこ》どもは、このわたり近《ちか》からむ所《ところ》に、よく隠《かく》ろへ《え》てさぶらへ《え》。時方《ときかた》は、京《きょう》へものして、山《やま》

男が匂宮だと女君にはわかったのでした。

匂宮だと知ると、いっそう恥ずかしくて、中の君のことなどを考えると、もはや、ほかにどうするすべもないので、とめどもなく泣くばかりでした。匂宮も、思いをやっと遂げてはみたものの、かえって、これからも容易に逢えないことをお考えになりますと、やはりお泣きになられます。

こうしている間にも、夜はひたすら明けてゆきます。右近のいるほうに、お供の人が来て、匂宮の御帰京をうながして、咳払いをします。右近がそれを聞いて、御寝所に参ってそれをお告げしました。

寺《でら》に忍《しの》びてなむと、つきづきしからむさまに答《いらえ》へなどせよ」とのたまふに、いとあさましくあきれて、心もなかりける夜《よ》の過《あやま》ちを思《おもう》ふに、心地《ここち》もまどひぬべきを

匂宮「御返《おんかえ》りには、今日《きょう》は物忌《ものいみ》など言《い》へ《え》かし。人《ひと》に知《し》らるまじきことを、誰《た》がためにも思《おもえ》へかし。他事《ことごと》はかひなし」とのたまひて、この人《ひと》の、世《よ》に知《し》らずあはれに思《おぼ》さるるままに、よろづ

右近をお側近くお呼びになり、「ずいぶん馬鹿な男とあなたは思うだろうが、わたしは今日は、どうしてもここから出て行きたくない気持なのだ。供の者たちには、この近所に隠れて待機するように伝えなさい。時方《ときかた》は京へ帰って、人に聞かれたら、山寺にひそかに出かけ参籠《さんろう》していると辻褄《つじつま》が合うように、うまく答えるように」とおっしゃいます。右近もさては匂宮だったのかと知って、すっかり驚き呆《あき》れ、ことの浅ましさにあわてふためき、生きた心地もいたしません。昨夜の自分の早合点《がてん》の失策を思うと、狼狽《ろうばい》のあまり途方にくれて、気もおかしくなりそうに惑乱《わくらん》します。

の譏《そし》りも忘《わす》れたまひぬべし。

匂宮「知《し》らぬを、かへすがへすいと心《こころ》憂《う》し、なほあらむままにのたまへ。いみじき下衆《げす》といふとも、いよいよなむあはれなるべき」と、わりなう問《と》ひたまへど、その御答《おんいら》へは絶《た》えてせず。他事《ことごと》は、いとをかしくけ近《ちか》きさまに答《いら》へきこえなどしてなびきたるを、いと限《かぎ》りなうらうたしとのみ見《み》たまふ。

日高《ひたか》くなるほどに、迎《むか》への人来《ひとき》た

匂宮は、「母君のお迎えのお返事には、今日は姫君の物忌《ものい》みで、出かけられないとでも言いなさい。わたしのいることを人に知られないようにどうすればいいかふたりのために考えておくれ。それ以外のことは、わたしに何を言っても無駄だから」とおっしゃって、この女君が言いようもなく可愛く、限りなく愛さずにはいられないようにお思いになりますので、この方のためなら、どんな世間のそしりも忘れておしまいになる御様子です。

匂宮は女がまだ誰とも素性を明かさないので、「何と言っても教えてくれないのが残念です。やはりほんとうの素性をありのままに教えなさいよ。た

り。

右近 昨夜《よべ》より穢《けが》れさせたまひ《い》て、いと口惜《くちお》しきことを思《おぼ》し嘆《なげ》くめりしに、今宵《こよい》夢見《ゆめみ》騒《さわ》がしく見《み》えさせたまひ《い》つれば、今日《きょう》ばかりつつしませたまへ《え》とてなむ、物忌《ものいみ》にてはべる。かへ《え》すがへ《え》す口惜《くちお》しく、もののさまたげのや《よ》うに見《み》たてまつりはべる。

と書《か》きて、人々《ひとびと》に物《もの》など食《く》はせてやりつ。

とえひどい身分だとわかっても、わたしはますます、愛するようになるだろうに」とおっしゃって、強いて聞きたがられるのに、女君は、それには一切お答えになりません。それ以外のことでは何でも愛嬌《あいきょう》よく親しく進んで受け答えもなさって、すっかり身も心も靡《なび》かせているのを、匂宮は、限りなく可愛いとお思いになります。

日が高くなる頃、母君のほうから迎えの人が来ました。

「昨夜から姫君には月の障《さわ》りでお穢《けが》れになられまして、お詣りが出来ないことになり、たいそう残念がられてひとしおお嘆きの御様子でございますが、昨夜はまた、夢見がお悪かったので、

二条院《にじようのいん》におは《わ》しまし着《つ》きて、女君《おんなぎみ》のいと心憂《こころう》かりし御《おん》もの隠《かく》しもつらければ、心《こころ》やすき方《かた》に大殿籠《おおとのごも》りぬるに、寝《ね》られたまは《わ》ず、いとさびしきにもの思《おも》ひまされば、心弱《こころよわ》く対《たい》に渡《わた》りたまひ《い》ぬ。

何心《なにごころ》もなく、いときよげにておは《わ》す。めづらしくをかしと見《み》たまひ《い》し人《ひと》よりも、また、これはなほ《お》ありがたきさまはしたまへ《え》りかしと見《み》たまふ《う》もの

今日だけは御謹慎《きんしん》なさいませと申し上げ、只今物忌みをなさっていらっしゃいます。返す返す残念でならず、何かがさまたげているように存じられます」と書いて、迎えの人々に食事などふるまって京へ帰しました。

匂宮は二条の院に御到着になられましたが、中の君のほんとうに情けないと思ったあの隠しごとを恨んでいらっしゃいますので、気がねのない御自分のお部屋のほうにお寝《やす》みになりました。けれども独《ひと》り寝は淋しくてなかなか寝つかれません。たいそう心細くなって、あれこれと物思いがつのるばかりなので意気地《いくじ》なく西の対の中の君のところにいらっしゃいました。

から、いとよく似《に》たるを思《おも》ひ《い》出《い》でたまふ《う》も胸《むね》ふたがれば、いたくもの思《おぼ》したるさまにて、御帳《みちよう》に入《い》りて大殿籠《おおとのごも》る。

かしこには、石山《いしやま》もとまりて、いとつれづれなり。御文《おんふみ》には、いといみじきことを書《か》き集《あつ》めたまひ《い》て遣《つかわ》はす。それだに心《こころ》やすからず、時方《ときかた》と召《め》し大《たい》夫《ふ》の従者《ずさ》の、心《こころ》も知《し》らぬしてなむやりける。

右近　「右近《うこん》が古《ふる》く知《し》れりける人《ひと》の、殿《との》

中の君は何も御存知なく、きれいなすがすがしいお顔つきをしていらっしゃいます。あの宇治で珍《ひ》しいほど風情があって可愛いと心惹かれた女君よりも、やはりこの中の君のほうがまたとはなく立ち勝《まさ》った御器量だとお思いになります。それにしても二人の俤《おもかげ》がよく似ているので、自然に宇治の女《ひと》を思い出されるにつけ、胸が恋しさにつまりたまらないので、ひどく物思いに沈んだ御様子で、御帳台《みちようだい》に入られてお寝みになります。

宇治では石山詣《もう》でも中止になって、女房たちもすっかり退屈しています。匂宮からのお手紙には、切々とした恋しさの丈《たけ》をこまごまと情をこめて書き

の御供《おんとも》にてたづね出《い》でたる、さらがへ《え》りてねむごろがる」と、友《とも》だちには言《い》ひ《い》聞《き》かせたり。よろづ右近《うこん》ぞ、そらごとしならひ《い》ける。

月《つき》もたちぬ。か《こ》う思《おぼ》し焦《い》らるれど、おは《わ》しますことはいとわりなし。か《こ》うのみものを思は《おもわ》ば、さらにえながらふまじき身《み》なめりと心細《こころぼそ》さを添《そ》へ《え》て嘆《なげ》きたまふ《う》。

大将殿《だいしようどの》、すこしのどかになりぬるこ

つらねてあります。そのお手紙を届けるだけでも危なくて気づかれますので、時方とお呼びになっていた大夫の従者で、何も事情を知らない者を使いにして、宇治の右近のところへお遣《や》りになります。

「古くからの知人で、先日薫の君のお供でここへ来て、わたしを見つけたので、縒《よ》りを戻そうとして手紙を寄こすのです」と、右近は、朋輩《ほうばい》には言い聞かせています。万事右近が嘘をついてごまかしているのでした。

こうしてその月も過ぎました。匂宮はこんなふうに思い焦がれて、居ても立ってもいられませんけれど、宇治にお出かけになることは、何としても難

ろ、例《れい》の、忍《しの》びておはしたり。寺《てら》に仏《ほとけ》など拝《おが》みたまふ。御誦経《みずきよう》せさせたまふ僧《そう》に物賜《ものたまい》ひなどして、夕《ゆう》つ方《かた》、ここには忍《しの》びたれど、これはわりなくもやつしたまはず、烏帽子《えぼうし》、直衣《のうし》の姿《すがた》いとあらまほしくきよげにて、歩《あゆ》み入《い》りたまふより、恥《は》づかしげに、用意《ようい》ことなり。

女《おんな》、いかで見《み》えたてまつらむとすらんと、空《そら》さへ恥《は》づかしく恐《おそ》ろしきに、

しいのでした。「こんなふうに、あの人のために恋い焦がれて気苦労ばかりしていたのでは、とても生き永らえられないような気がする」と、ますます心細くなられてお嘆きになります。

一方、薫の大将は、少しお暇がお出来になったので、いつものようにお忍びで、ひそかに宇治へお出かけになりました。宇治に着くと、まずお寺へお詣りになって、仏などをお拝みになられます。御誦経《みずきよう》をおさせになる僧に布施《ふせ》をおやりになったりして、ようやく夕方になってから女君のところへお忍びでいらっしゃいました。

薫の君はこんな時も匂宮のようにことさらに服装をおやつしにならず、烏《え》

あながちなりし人《ひと》の御《おん》ありさまうち思《おも》ひ出《い》でらるるに、またこの人《ひと》に見《み》えたてまつらむを思《おも》ひやるなん、いみじう心憂《こころう》き。

我《われ》は、年《とし》ごろ見《み》る人《ひと》をも、みな思《おも》ひかはりぬ《わ》べき心地《ここち》なむすると、のたまひ《い》しを、げに、その後御心地《のちみここち》苦《くる》しとて、いづくにもいづくにも、例《れい》の御《おん》ありさまならで、御修法《みずほう》など騒《さわ》ぐなるを聞《き》くに、また、いかに聞《き》きて思《おぼ》さんと

帽子《ぼし》、直衣《のうし》のお姿は、ほんとうに申し分のないお美しさです。お部屋に入っていらっしゃる御態度も、気恥ずかしいほど奥ゆかしくて、お心遣いが深いのでした。

女君は、匂宮とあんなことがあった今、どうしてお逢い出来ようと、空までがすべてを見ているようで恥ずかしく、恐ろしいことでも、ひたむきに情熱的だった匂宮の御様子がつい思い出されます。その上また薫の君の愛を受け入れなければならないと思うと、たまらなく辛くてなりません。

「匂宮が、あの時、『あなたを知って、これまで長年愛し合ってきた女たちが、みんな嫌《いや》になってしまいそうな

思ふ《おもう》もいと苦《くる》し。
薫「造《つく》らする所《ところ》、や《よ》うや《よ》うよろしう《しゅう》しなしてけり。一日《ひとひ》なむ見《み》しかば、ここよりはけ近《ちか》き水《みず》に、花《はな》も見《み》たまひ《い》つべし。三条宮《さんじょうのみや》も近《ちか》きほどなり。明《あ》け暮《く》れおぼつかなき隔《へだ》ても、おのづからあるまじきを、この春《はる》のほどに、さりぬべくは渡《わた》してむ」と思ひ《おもい》てのたまふ《う》も、
かの人《ひと》の、のどかなるべき所《ところ》思ひ《おもい》

気がする』とおっしゃったけれど、ほんとうにその通り、あれ以後は御病気だということで、どなたともどなたとも、これまでのようにお逢いにならず、御病気快癒の御修法《みずほう》などに人々が騒いでいらっしゃるという話を伺うにつけても、薫の君が宇治にお出《い》でになり、またその人の言うままにわたしが身を任《まか》せたとお聞きになったら、病床の匂宮は何とお思いになるだろう」と思っただけでも、女君はたまらなく苦しいのです。

　薫の君は「あなたを迎えるため新築していた家が、だんだん見られるほどに出来上がりましたよ。先日ちょっと見てきたが、ここよりは穏やかな川が

まうけたりと、昨日《きのう》ものたまへ《え》りしを、かかることも知《し》らで、さ思《おぼ》すらむよ、とあはれ《わ》ながらも、そなたになびくべきにはあらずかしと思《おも》ふからに、ありし御《おん》さまの面影《おもかげ》におぼゆれば、我《われ》ながらも、うたて心憂《こころう》の身《み》やと思《おも》ひつづけて泣《な》きぬ。

二月《きさらぎ》の十日《とおか》のほどに、内裏《うち》に文作《ふみつく》らせたまふとて、この宮《みや》も大将《だいしょう》も参《まい》りあ

流れていて、今年は都の花も見られるでしょう。三条のわたしの邸に近いところです。今のように明け暮れ逢えずに心細い思いはせず、いつでもそこで逢えるようになるから、あなたをこの春のうちに、都合がよかったらそちらへお移ししましょう」と、おっしゃいます。

女君は、匂宮からの昨日のお手紙にも、静かなところを見つけたと書いて来られたのに、匂宮は薫の君もこうした家の用意をしていらっしゃることを御存知ないから、ああした御配慮もされていらっしゃるのだと思うと、お気の毒でなりません。かといって、匂宮に靡《なび》くことは出来ないのだと、自分に

ひたまへ《い》り《え》。

雪《ゆき》にはか《わ》に降《ふ》り乱《みだ》れ、風《かぜ》などはげしければ、御遊《みあそ》びとくやみぬ。この宮《みや》の御宿直所《おんとのいどころ》に人々《ひとびと》参《まい》りたまふ《う》。物《もの》まゐ《い》りなどして、うちやすみたまへ《え》り。大《だい》将《しょう》、人《ひと》にものたまはむ《わ》とて、すこし端近《はしちか》く出《い》でたまへ《え》るに、雪《ゆき》のやう《よ》やう《よ》積《つ》もるが星《ほし》の光《ひかり》におぼおぼしきを、「闇《やみ》はあやなし」とおぼゆる匂《におい》ひありさまにて、「衣《ころも》かたしき今宵《こよい》もや」と

言い聞かせますと、かえってあの時の匂宮の情熱的なお顔が目の前に浮かびますので、「我ながら、何というあさましく厭《いや》な女だろう」と考えつづけて泣くばかりでした。

二月の十日頃、宮中で詩を作る会が催されて、匂宮も薫の君もそれに御参会になりました。

雪が急に降り乱れて、風も激しくなりましたので、管絃の御遊びは早々と中止になりました。それから人々は、匂宮の御宿直《とのい》のお部屋に集まりました。匂宮はお食事を召し上がってお寝みになります。薫の大将は、誰かに言葉をおかけになろうとして、少し端近く出ていらっしゃいますと、雪が次第

うち誦《ず》じたまへ《え》るも、はかなきことを口《くち》ずさびにのたまへ《え》るも、あやしくあはれ《わ》なる気色《けしき》そへ《え》る人《ひと》ざまにて、いともの深《ふか》げなり。言《こと》しもこそあれ、宮《みや》は寝《ね》たるやうに《よ》て御心騒《みこころさわ》ぐ。おろかには思《おもわ》はぬなめりかし、かたしく袖《そで》を我《われ》のみ思《おもい》ひやる心《ここ》地《ち》しつるを、同《おな》じ心《こころ》なるもあはれ《わ》なり。わびしくもあるかな、かばかりなる本《もと》つ人《ひと》をおきて、わが方《かた》にまさる思《おも》

に積もりはじめていて、それが星あかりに仄《ほの》かに見えますので、〈春の夜の闇はあやなし梅の花〉の古歌を思い出すような高貴な匂いを漂《ただよ》わせて、品のいい御様子で、〈さむしろに衣《ころも》かたしき今宵《こよい》もや〉と口ずさんでいらっしゃいます。〈われを待つらむ宇治の橋姫〉とつづく歌の上の句ですが、そんなちょっとした歌を口ずさまれても、妙にしみじみした深い情趣の具《そな》わっているお人柄なので、何となく意味ありげに聞こえます。

匂宮は寝たふりをなさりながら、わざわざあんな歌をあてつけがましいと、お心が騒ぎます。「それにしても薫の君もあの宇治の女《ひと》をいい加減には

ひはいかでつくべきぞ、とねたう思《おぼ》さる。

かの人《ひと》の御気色《みけしき》にも、いと驚《おどろ》かれたまひければ、あさましうたばかりておはしましたり。京《きよう》には、友待《ともま》つばかり消《き》え残《のこ》りたる雪《ゆき》、山深《やまふか》く入《い》るままにやや降《ふ》り埋《うず》みたり。常《つね》よりもわりなき稀《まれ》の細道《ほそみち》を分《わ》けたまふほど、御供《おんとも》の人《ひと》も泣《な》きぬばかり恐《おそ》ろしう《う》わづらはしきことをさへ思《おもう》ふ。

考えていないようだ。衣を片敷《かたし》いて自分を今夜も待っているだろうと、独り寝の淋しさを思いやっていたのは、自分だけと思っていたのに、同じ思いだったのか」と、切なくなります。

「それにしても侘《わび》しい話よ。はじめからいたこれほどの男をさしおいて、自分のほうにそれ以上の愛をそそいでくれることがどうしてあろうか」と、妬《ねた》ましくお思いになります。

昨夜の薫の君の、臆面《おくめん》もない態度にひとしお驚いて御心配になりましたので、あきれるほど無理な算段をして、宇治へお出かけになりました。京では後から降る雪を待っている程度のわずかな残雪でしたが、木幡の山深くに分

かしこには、おはせむとありつれど、かかる雪《ゆき》には、とうちとけたるに、夜更《よふ》けて右近《うこん》に消息《しょうそこ》したり。あさましう、あはれ《わ》と君《きみ》も思《おもえ》へり。

右近《うこん》は、いかになりはてたまふ《う》べき御《おん》ありさまにかとかつは苦《くる》しけれど、今宵《こよい》はつつましさも忘《わす》れぬべし、言《い》ひかへ《え》さむ方《かた》もなければ、同《おな》じやう《よ》に睦《むつ》ましく思《おぼ》いたる若《わか》き人《ひと》の、心《こころ》ざまも奥《おう》なからぬを語《かた》らひ《い》て、右近「いみじく

け入るにつれ、次第に降り積もっています。常にもまして歩き難《にく》い、人跡もまれな山の雪の細道を、踏み分けて行かれるので、お供の人も泣きたいほど恐ろしく、何か困ったことが起こりはしないかとさえ思います。

宇治では、今夜おいでになると前触れがありましたけれど、まさかこんな雪の夜にと、気を許していたところへ、夜更けて右近のところまで御到着の知らせが参りました。何という深い愛情かと、女君も感動なさった御様子です。

右近は、「匂宮がこんな向こう見ずのことをなさるようでは、姫君はどうなっておしまいになるのだろう」と、

わりなきこと。同《おな》じ心《こころ》に、もて隠《かく》したまへ《え》」と言《い》ひ《い》てけり。

夜《よ》のほどにてたち帰《かえ》りたまはん《わ》も、なかなかなべければ、ここの人目《ひとめ》もいとつつましさに、時方《ときかた》にたばからせたまひ《い》て、川《かわ》よりをちなる人《ひと》の家《いえ》に率《い》ておはせ《わ》むと構《かまえ》へたりければ、先立《さきだ》てて遣《つかわ》はしたりける、夜更《よふ》くるほどに参《まい》れり。時方「いとよく用意《ようい》してさぶらふ《う》」と申《もう》さす。

内心はらはらするけれども、今夜ばかりは匂宮の情熱に、周囲への気がねも忘れてしまうでしょう。断りを言って帰ってもらう方法もないので、右近は自分と同じように女君が気を許していらっしゃる若い女房で、思慮の浅くない者を仲間に引き入れて、「大変困ったことなのですが、わたしと同じ気持になって、このことを人にさとられないように隠して下さいな」と言いました。

今夜のうちに京に引き返されるとしたら、かえってお逢いにならないほうがましなくらいであろうし、この山荘の女房たちにも、気恥ずかしいので内密にして、匂宮は時方に計略をめぐら

こはいかにしたまふ《う》ことにかと、右《う》近《こん》もいと心《こころ》あわたたしければ、寝《ね》おびれて起《お》きたる心地《ここち》もわななかれて、あやし。童《わらわ》べの雪遊《ゆきあそ》びしたるけはひ《い》のや《よ》うにぞ、震《ふる》ひ《い》あがりにける。「いかでか」なども言《い》ひ《い》あへ《え》させたまは《わ》ず、かき抱《いだ》きて出《い》でたまひ《い》ぬ。右近《うこん》はこの後《うしろ》見《み》にとまりて、侍従《じじゅう》をぞ奉《たてまつ》る。

いとはかなげなるものと、明《あ》け暮《く》れ見《み》出《い》だす小《ちい》さき舟《ふね》に乗《の》りたまひ《い》て、さ

させて、女君を川の向こう岸の、ある人の家にお連れして行くよう手配を整えてあり、時方をその準備に先に行かせてありました。夜が更けてから、時方が向こう岸から帰ってきました。

「すっかり用意が整いました」と女房から申し上げさせます。

「これはまた、どうなさることやら」と、右近も気持がそわそわして、寝惚《ねぼ》けて起きてきた気持も動転して、何が何やらわかりません。まるで小さな子供が雪遊びをした時のように、全身がわなわなと震えあがるのでした。匂宮は女君に、「どうしてそんなところに行けましょう」などと言う暇も与えず、いきなり抱きかかえて、外へお出

し渡《わた》りたまふ《う》ほど、遥《はる》かならむ岸《きし》にしも漕《こ》ぎ離《はな》れたらむやう《よ》に心細《こころぼそ》くおぼえて、つとつきて抱《いだ》かれたるもいとらう《ろ》たしと思《おぼ》す。

有明《ありあけ》の月澄《つきす》みのぼりて、水《みず》の面《おもて》も曇《くも》りなきに、「これなむ橘《たちばな》の小島《こじま》」と申《もう》して、御舟《みふね》しばしさしとどめたるを見《み》たまへ《え》ば、大《おお》きやかなる岩《いわ》のさまして、されたる常磐木《ときわぎ》の影《かげ》しげれり。

匂宮「かれ見《み》たまへ《え》。いとはかなけれ

になってしまいました。右近はここの留守に残って、侍従《じじゅう》をお供におつけいたします。

女君が明け暮れ、何と頼りないものかと、川に浮かぶのを御覧になっていた小舟にお乗りになって、棹《さお》さして漕《こ》ぎ渡られる時も、まるではるかな岸に向かって漕ぎ離れて行くかのように心細く思われて、女君は、匂宮にひしと寄りすがって、身動きもせず抱かれていらっしゃるのを、匂宮は可愛くてたまらなく思われます。

澄みきった有明《ありあけ》の月が空に上り、川水の面《おもて》を曇りなくきらきらと照らしています。船頭が、「これが橘《たちばな》の小島でございます」と申し上げて、棹をさ

ど、千年《ちとせ》も経《ふ》べき緑《みどり》の深《ふか》さを」とのたまひて、
年経《としふ》ともかはらむものか橘《たちばな》の
小島《こじま》のさきに契《ちぎ》る心《こころ》は
女《おんな》も、めづらしからむ道《みち》のやうにおぼえて、
橘《たちばな》の小島《こじま》の色《いろ》はかはらじを
このうき舟《ふね》ぞゆくへ知《し》られぬ
をりから、人《ひと》のさまに、をかしくのみ、何《なに》ごとも思《おぼ》しなす。

してお舟をしばらくとどめたのを、匂宮が御覧になりますと、その島は巨《おお》きな岩のような形をして、洒落《しゃれ》た枝ぶりの常磐木《ときわぎ》が葉を繁《しげ》らせています。「あれを見てごらん。ずいぶん頼りない木だけれど、千年も保ちそうなあの緑の深いこと」とおっしゃって、

年経《ふ》ともかはらむものか橘の
小島のさきに契る心は

(今橘の小島の崎で、あなたと契るこの心、小島の常磐木の緑が、千年も変わらないように、わたしの愛も永久《とわ》に変わらぬ)

とおっしゃいますと、女もめったにない道中のような気がして、

橘の小島の色はかはらじを

かの岸《きし》にさし着《つ》きて下《お》りたまふ《う》に、人《ひと》に抱《いだ》かせたまはむ《わ》はいと心苦《こころぐる》しければ、抱《いだ》きたまひ《い》て、助《たす》けられつつ入《い》りたまふ《う》を

人目《ひとめ》も絶《た》えて、心《こころ》やすく語《かた》らひ暮《く》らしたまふ《う》。かの人《ひと》のものしたまへ《え》りけむに、かくて見《み》えてむかしと思《おぼ》しやりて、いみじく恨《うら》みたまふ《う》。二《に》の宮《みや》をいとやむごとなくて、持《も》ちたてまつりたまへ《え》るありさまなども語《かた》りたまふ《う》。か

このうき舟《ふね》ぞゆくへ知られぬ

（橘の小島の木々の緑は、永久に変わらないものを、波に漂う浮舟のような、はかないわたしの身の末は、どこへ流れてゆくのやら）

とつぶやきます。情趣をそそる折といい、女も美しくなまめかしいので、匂宮は、歌もおもしろいと、何から何まで好ましくお感じになります。

向こう岸に着いて舟をお下りになる時に、浮舟《うきふね》の君《きみ》を人に抱かせるのは可哀そうに思われて、御自分でお抱きになって、供人に介添えされて用意された家にお入りになります。

それで全く人の訪れもなく、匂宮は何の気がねもなく浮舟の君と睦言《むつごと》を交

の耳《みみ》とどめたまひ《い》し一言《ひとこと》はのたまひ《い》出《い》でぬぞ憎《にく》きや。

御物忌二日《おんものいみふつか》とたばかりたまへ《え》れば、心《こころ》のどかなるままに、かたみにあは《わ》れとのみ深《ふか》く思《おぼ》しまさる。右近《うこん》は、よろづに例《れい》の言《い》ひ《い》紛《まぎ》らは《わ》して、御衣《おんぞ》など奉《たてまつ》りたり。

姫宮《ひめみや》にこれを奉《たてまつ》りたらば、いみじきものにしたまひ《い》てむかし、いとやむごとなき際《きわ》の人多《ひとおお》かれど、かばかりの

わされ思うさま愛し合って過していらっしゃいます。薫の君がおいでになった時も、この女はこんなふうになまめかしく情熱的に愛し合うのだろうかと想像なさると、匂宮は嫉妬心を掻《か》きたてられ、ひどく恨み言をおっしゃるのでした。御降嫁《こうか》された女二の宮を、御本妻としてお据《す》えし、薫の君がどんなに崇《あが》め畏《かしこ》まって大切にお仕えしているかなど、わざとお話しになります。それでも、小耳にはさんだあの〈衣かたしき〉の一句を口ずさまれたことだけは、話しておあげになりません。その憎らしいこと。

　御物忌《ものい》みは二日間ということに、京の人々をだましてありますので、お心

さましたるは難《かた》くやと見《み》たまふ《う》。かたは《わ》なるまで遊《あそ》び戯《たわぶ》れつつ暮《く》らしたまふ《う》。忍《しの》びて率《い》て隠《かく》してむことを、かへ《え》すがへ《え》すのたまふ《う》。

そのほど、かの人《ひと》に見《み》えたらばと、いみじきことどもを誓《ちかわ》はせたまへ《え》ば、いとわりなきことと思《おもい》ひて答《いらえ》へもやらず、涙《なみだ》さへ《え》落《お》つる気色《けしき》、さらに目《め》の前《まえ》にただに思《おもい》ひ移《うつ》らぬなめり、と胸《むね》いた《と》う思《おぼ》さる。恨《うら》みても泣《な》きても、よろづの

ものんびりとくつろいで、おふたりきりの時間を愉《たの》しみ、お互いに恋しいという思いだけが深まってゆきます。右近は、例によってすべての面で女房たちに言いつくろい、着替えのお召物などをお届けします。

　宮はその時ふと、「この人を姉君の女一の宮に、女房としてさし上げたら、どんなに大事になさるだろう。あちらの女房は身分の高い家柄の者は多いけれど、これほどの美人はいないだろう」などと御覧になります。

　その日もおふたりして見苦しいまでに遊び戯《たわむ》れてお暮しになります。こっそり京へ連れて帰って、どこかへ隠しておきたいことを、繰り返し繰り返し

たまひ明《あ》かして、夜深《よぶか》く率《い》て帰《かえ》りたまふ。

大将殿《だいしょうどの》は、四月《うづき》の十日《とおか》となん定《さだ》めたまへりける。さそふ水《みず》あらばとは思《おもわ》ずいとあやしく、いかにしなすべき身《み》にかあらむと、浮《う》きたる心地《ここち》のみすれば、母の御《おん》もとにしばし渡《わた》りて、思《おも》ひめぐらすほどあらんと思《おぼ》せど、少将《しょう》の妻《め》、子産《こう》むべきほど近《ちか》くなりぬと

お話しになります。

「それまでに、薫の君が来ても、あの人に身を任せたら許さないよ」と、大変な難しいことなどを誓わせようとなさいますので、そんな無理なことをと思って、浮舟の君はお返事も出来ず、涙まであふれるいじらしい様子に、こうして自分の目の前にいてさえ、薫の君からわたしのほうへ心は移らないのだと、匂宮は切なさに胸が痛くなられるのでした。恨んだり、泣いたりして、いろいろふたりの愛の行く末のことについて語り、かぎりなく愛し合って夜を明かし、まだあたりの暗いうちに、浮舟の君を連れて、山荘へお帰りになりました。

て、修法《ずほう》、読経《どきよう》など隙《ひま》なく騒《さわ》げば、石《いし》山《やま》にもえ出《い》で立《た》つまじ、母《はは》ぞこち渡《わた》りたまへ《え》る。

母君「などか、かく、例《れい》ならず、いたく青《あお》み痩《や》せたまへ《え》る」と驚《おどろ》きたまふ《う》。

乳母「日《ひ》ごろあやしくのみなむ。はかなき物《もの》もきこしめさず、なやましげにせさせたまふ《う》」と言《い》へ《え》ば、あやしきことかな、物《もの》の怪《け》などにやあらむと、

母君「いかなる御心地《みここち》ぞと思《おも》へ《え》ど、石《いし》

薫の君は四月の十日を、京へ移す日とお決めになりました。浮舟の君は、〈誘ふ水あらば〉どちらへも靡《なび》こうというような気持にはなれず、我ながら不思議な運命に、これからいったいどうしたらいいのだろうと、そわそわして心が落ち着きませんので、「母君のところへしばらく行って、思案する間、そこにいよう」と思いますけれど、母君のほうでは、「少将の妻になった娘に、間もなく子供が生れるので」ということで、安産の修法やら、読経などで暇もなく騒いでいる折から、石山にも一緒に参詣できるどころでありません。そのうち母君のほうから宇治へ訪ねてみえました。

山《やま》とまりたまひにきかし」と言《い》ふも、かたはらいたければ伏《ふ》し目《め》なり。

殿《との》の御文《おんふみ》は今日《きょう》もあり。なやましと聞《き》こえたりしを、いかがととぶらひた まへ《え》り。「みづからと思《おも》ひはべるを、わりなき障《さわ》り多《おお》くてなむ。このほどの暮《く》らしがたさこそ、なかなか苦《くる》しく」などあり。

宮《みや》は、昨日《きのう》の御返《おんかえ》りもなかりしを、

母君が、「どうしてこんなに、いつになくひどく青くなって、痩《や》せ細っていらっしゃるのだろう」と驚かれます。

「この頃は、いつも御具合がお悪いのでございますよ。ほんのわずかなものも召し上がらず、けだるそうにばかりしていらっしゃいます」と乳母が申しますと、母君は、「気持の悪いことですね。物の怪《もののけ》かもしれませんよ」とおっしゃいます。また、「どんな御気分なのですか、もしかしたら妊《みごも》られたかとも思うけれど、でも、あの石山詣でも月の障りで中止になったことだし」とおっしゃるので、浮舟の君は恥ずかしくて目を伏せています。

「いかに思《おぼ》し漂《ただよ》ふぞ。風《かぜ》のなびかむ方《かた》もうしろめたくなむ、いとどほれまさりてながめはべる」など、これは多《おお》く書《か》きたまへ《え》り。

雨降《あめふ》りし日《ひ》、来《き》あひたりし御使《みつかい》どもぞ、今日《きょう》も来《き》たりける。殿《との》の御随身《みずいじん》、かの少輔《しょう》が家《いえ》にて時々見《ときどきみ》る男《おのこ》なれば、

随身「まうとは、何《なに》しにここにはたびたびは参《まい》るぞ」と問《と》ふ。使「私《わたくし》にとぶらふ《う》べき人《ひと》のもとに参《もう》で来《く》るなり」

薫の君からのお手紙は今日もありました。病気だと訴えたのを、容態はどうかとお見舞い下さったのでした。「自分でお伺いしたいと思ったのですが、どうしてもよんどころない差し支えが重なって、伺えません。あなたを迎える待ち遠しさに、かえってこの頃は苦しくて」などと書かれています。

匂宮は、昨日のお手紙にお返事をしなかったことを、「今更何を思い迷っているのですか。あなたが思わぬほうに靡いて行くのではないかと思って、心配のあまり気が気でなく、ますます虚《うつ》けたようになって、ぼんやり沈みこんでいます」などと、こちらは綿々《めんめん》と書きつらねています。

と言《い》ふ《う》。随身「私《わたくし》の人《ひと》にや艶《えん》なる文《ふみ》はさし取《と》らする。けしきあるまうとかな。もの隠《かく》しはなぞ」と言《い》ふ《う》。使「まことは、この守《こう》の君《きみ》の、御文女房《おんふみにょうぼう》に奉《たてまつ》りたまふ《う》」と言《い》へ《え》ば、言違《ことたが》ひ《い》つつあやしと思《おも》へ《え》ど、ここにて定《さだ》めいは《わ》むも異《こと》や《よ》うなべければ、おのおの参《まい》りぬ。

かどかどしき者《もの》にて、供《とも》にある童《わらわ》を、随身「この男《おのこ》にさりげなくて目《め》つ

いつか、雨降りの日に、両方のお使いが、ここでたまたま出会ったことがありましたが、今日も同じ使いが来合わせてしまいました。薫の君の御随身《みずいじん》は、相手があの内記の家で、時々見かける男なので、「お前は、どうしてここへ度々来るのか」と訊《き》きました。「私用で訪ねなければならない人があって、来ているのです」と答えます。「私用で訪ねる相手に、自分であんな色っぽい恋文を持って来るものか。何かわけがありそうじゃないか。どうしてそう隠すのだ」とつっ込みますと、「実はあの左衛門《さえもん》の大夫《たいふ》の時方さまが、こちらの女房に恋文をさし上げるのです」と言います。薫の君の随身

けよ。左衛門大夫《さいもんのたいふ》の家《いえ》にや入《い》る」と見《み》せければ、童「宮《みや》に参《まい》りて、式部少輔《しきぶのしょう》になむ、御文《おんふみ》はとらせはべりつる」と言《い》ふ。

さまで尋《たず》ねむものとも劣《おと》りの下衆《げす》は思《おも》は《わ》ず、事《こと》の心《こころ》をも深《ふこ》う知《し》らざりければ、舎人《とねり》の人《ひと》に見《み》あらは《わ》されにけんぞ口惜《くちお》しきや。

宮《みや》、例《れい》ならずなやましげにおは《わ》すと

は、話がさっきと違っていて、どうも怪しいと思いましたが、ここで問いつめるのもおかしいので、その場はそれ以上言わず、めいめい京に帰りました。

　随身は才気のある男で、供に連れていた童《わらわ》を呼んで、「この男の跡をそれとなく尾《つ》けて、左衛門の大夫の家に入るかどうか見て来い」と命じましたら、童は帰ってきて、「匂宮のお邸に参りまして、式部《しきぶ》の少輔《しょう》にお手紙を渡しました」と言います。

　それほどまでに随身にさぐられていようとは、下級のお使いの者は気がつかず、またほんとうの事情もよくは知りませんでしたので、随身に行く先を見破られてしまったのは、残念なこと

て、宮《みや》たちもみな参《まい》りたまへ《え》り。

道《みち》すがら、なほ《お》いと恐《おそ》ろしく隈《くま》なくおは《わ》する宮《みや》なりや、いかなりけむついでに、さる人《ひと》ありと聞《き》きたまひ《い》けむ、いかで言《い》ひ《い》寄《よ》りたまひ《い》けむ、田舎《いなか》びたるあたりにて、かう《こ》やう《よ》の筋《すじ》の紛《まぎ》れはえしもあらじ、と思《おも》ひ《い》けるこそ幼《おさな》けれ、さても、知《し》らぬあたりにこそ、さるすき事《ごと》をものたまは《わ》め、昔《むかし》より隔《へだ》てなくて、あやしきまでしるべして率《い》て

でした。

その日は、中宮の御気分がいつもと違ってお悪いというので、親王《みこ》たちもみな参上なさいました。

薫の君はお帰りになる道すがらも、

「やはり匂宮は、恐ろしく抜け目のないお方だ。どんな機会に、あの女が宇治にいるとお聞きこみになったのだろう。また、どのようにして、あの女に言い寄ったのだろう。宇治のような田舎びたところに置いておけば、まさかこういう方面の間違いは起こらないだろうと考えたのは、実に迂闊《うかつ》だった。それにしても、わたしに関係のない女に手出しをするならともかく、よくもよりによってあの女にまで。昔から何

歩《あり》きたてまつりし身《み》にしても、うしろめたく思《おぼ》しよるべしや、と思《おもう》ふに、いと心《こころ》づきなし。

女《おんな》のいたくもの思《おもい》ひたるさまなりしも、片《かた》はし心得《こころえ》そめたまひ《い》ては、よろづ思《おぼ》しあは《わ》するに、いとうし。ありがたきものは、人《ひと》の心《こころ》にもあるかな、ら《ろ》うたげにおほ《お》どかなりとは見《み》えながら、色《いろ》めきたる方《かた》は添《そ》ひ《い》たる人《ひと》ぞかし、この宮《みや》の御具《おんぐ》にてはいとよきあは《わ》

の隠し隔てもなく親密にして、ずいぶんおかしな色事の取り持ちや、案内までつとめてあげたのに、そのわたしに対して、こんな後ろ暗いひどいことを思いつかれるとは、あんまりな」と思うと、実におもしろくありません。

宇治の女が、訪れた時、ひどく悲しそうに思い悩んでいた様子だったのも、ことの一端がわかりかけてくると、何もかもあれこれと思い当たられるので、たまらなく情けないお気持になります。

「むつかしいのは人の心というものだ。あんなに愛らしくおっとりと見えながら、好色なところのある女だったのだ。匂宮のお相手としては、お互い

ひ《い》なり、と思ひ《おもい》も譲《ゆず》りつべく、退《の》く心《ここ》地《ち》したまへ《え》ど、やむごとなく思ひ《おもい》そめはじめし人《ひと》ならばこそあらめ、なほ《お》、さるものにておきたらむ、今《いま》はとて見《み》ざらむ、はた、恋《こい》しかるべし、と人《ひと》わろく、いろいろ心《こころ》の中《うち》に思《おぼ》す。なほ《お》捨《す》てがたく、気《け》色《しき》見《み》まほしくて、御文遣《おんふみつか》は《わ》す。

かしこには、御使《みつかい》の例《れい》よりしげきにつけても、もの思ふ《おもう》ことさまざまな

浮気なのでお似合いというところか」と思い、いっそ匂宮に女を譲って自分は身を引きたいような気持もなさいましたけれど、「正妻として尊重する気持で通いはじめた仲ならばともかく、それほどのつもりの女ではなかったのだから、やはりそんな女としてこのまま隠し妻にしておこう。匂宮との密事がばれたので、もうこれまでと縁を切って逢わなくなるのも、これまた恋しいだろう」と、見苦しいほど、いろいろと心の中に思い悩まれます。薫の君はやはりあの女を捨てる気にはなれず、様子も知りたくて、お手紙をおやりになります。

宇治では、薫の君のお使いが、いつ

り。ただかくぞのたまへ《え》る。

波《なみ》こゆるころとも知《し》らず末《すえ》の松《まつ》
待《ま》つらむとのみ思ひ《おもい》けるかな

「人《ひと》に笑《わら》は《わ》せたまふ《う》な」とあるを、いとあやしと思ふ《おもう》に、胸《むね》ふたがりぬ。御《おん》返《かえ》り事《ごと》を心得顔《こころえがお》に聞《き》こえむもいとつつまし、ひが事《こと》にてあらんもあやしければ、御文《おんふみ》はもとのやう《よ》にして、　浮舟

「所違《ところたがえ》へのやう《よ》に見《み》えはべればなむ。あやしくなやましくて何《なに》ごとも」と書《か》

もより頻繁《ひんぱん》にやって来るにつけても、浮舟の君はあれこれと物思いが多くなるのでした。薫の君のお手紙には、ただ、こうお書きになってあります。

波こゆるころとも知らず末の松
待つらむとのみ思ひけるかな

（あなたが心変わりして、ほかの男を待っているとも、知らない愚かなわたしは、今もひたすらわたしだけを、待っていると思いこんでいて）

「人の笑い物にはしないで下さい」とあるのを見て、これはどうも変だと思うと、浮舟の君は胸が不安で一杯になりました。それでお返事をさえ歌の意味がわかったように書くのも気がひけますし、もし何かの間違いであった

き添《そ》へて奉《たてまつ》れつ。見《み》たまひて、さすがに、いたくもしたるかな、かけて見《み》およばぬ心《こころ》ばへよ、とほほ笑《え》まれたまふも、憎《にく》しとはえ思《おぼ》しはてぬなめり。まほならねどほのめかしたまへる気《け》色《しき》を、かしこにはいとど思《おも》ひそふ。

この人々《ひとびと》の見《み》思《おも》ふらむことも、いみじく恥《は》づかし。わが心《こころ》もてありそめしことならねども、心憂《こころう》き宿世《すくせ》かなと思《おも》

ら、かえっておかしなことになるので、お手紙は元のように畳んで、「お宛先が間違っているようでございますので、お返し申します。妙に気分が少しもよくなりませんので、何も書くことが出来ません」と書き添えて、さし上げます。

薫の君はそれを御覧になって、さすがに巧《うま》く言いつくろったものだ。こんなに機転の利く女とは思ってもみなかったと、苦笑されるのも、浮舟の君を憎いとばかりはお思いにはなれないからでしょう。

直接ではないけれども、匂宮とのことをほのめかしていらっしゃったお手紙の様子に、浮舟の君は、いっそう悩

ひ入《い》りてゐ《い》たるに、侍従《じじゅう》と二人して、右近「上《かみ》も下《しも》も、かかる筋《すじ》のことは、思《おぼ》し乱《みだ》るるはいとあしきわざなり。御《おん》命《いのち》までにはあらずとも、人《ひと》の御《おん》ほどほどにつけてはべることなり。死《し》ぬるにまさる恥《はじ》なることも、よき人《ひと》の御身《おんみ》にはなかなかはべるなり。一方《ひとかた》に思《おぼ》し定《さだ》めてよ。宮《みや》も御心《みこころ》ざしまさりて、まめやかにだに聞《き》こえさせたまは《わ》ば、そなたざまにもなびかせたまひ《い》て、ものな

みがますばかりです。

　この女房たちは、自分のことをどう思っているのかと考えただけで、匂宮のことを知られていると思うと、ひどく恥ずかしくてなりません。自分の心からそうなさったことでなくても、こんな結果を招いてしまったことは、何という辛《つら》いわが宿世《すくせ》かと思いつめています。右近は侍従と二人して申しあげます。

　右近は、「身分の上下に拘《かか》わらず、こういう色恋の方面のことで、思い悩まれるのは、決してよくありません。お命にまでは関わらないとしても、人それぞれの御身分に応じて、何か困ったことが起こります。死ぬよりも恥ず

いたく嘆《なげ》かせたまひ《い》そ。痩《や》せおとろへ《え》させたまふ《う》もいと益《やく》なし」と言《い》ふ《う》に、いま一人《ひとり》、「何《なに》ごとも御宿世《おんすくせ》にこそあらめ。ただ、御心《みこころ》の中《うち》に、すこし思《おぼ》しなびかむ方《かた》を、さるべきに思《おぼ》しならせたまへ《え》。いでや、いとかたじけなく、いみじき御気色《みけしき》なりしかば、人《ひと》のかく思《おぼ》しいそぐめりし方《かた》にも御心《みこころ》も寄《よ》らず。しばしは隠《かく》ろへ《え》ても、御思ひ《おんおもい》のまさらせたまは《わ》むに寄《よ》らせたまひ《い》ねと

かしいことも、御身分の高い方には、かえって起こるものなのです。この際、どちらかお一人にお決めなさいまし。匂宮も、愛情の深さが薫の君に優《まさ》っていて、真剣におっしゃって下さるなら、そちらのほうにお決めなさいまして、そんなにくよくよお悩みになるのはおよしなさいませ。お嘆きのあまり、お体まで痩せ衰えたりなさるのは、何の得にもなりません」と言いますと、

侍従が、「どんなことも、すべてその人その人の前世からの因縁によるものなのでしょう。ですから、姫君がお考えになって、少しでもお気持の惹《ひ》かれるお方こそが因縁の人とお決めなさ

ぞ思《おもい》ひはべる」と、宮《みや》をいみじくめできこゆる心《こころ》なれば、ひたみちに言《い》ふ《う》。

殿《との》よりは、かのありし返《かえ》り事《ごと》をだにのたまはで《わ》、日《ひ》ごろ経《へ》ぬ。このおどし内舎人《うどねり》といふ者《うもの》ぞ来《き》たる。げに、いと荒々《あらあら》しくふつつかなるさましたる翁《おきな》の、声嗄《こえか》れ、さすがにけしきある、「女房《にようぼう》にものとり申《もう》さん」と言《い》はせ《わ》た

いませ。でもまあ、匂宮が何とも言いようのないほどもったいなく、姫君を御寵愛《ちようあい》あそばしている熱烈な御様子を拝見しておりますので、わたしなどは、薫の君が、今こうして京への引っ越しをあまりお急ぎになるのに、何だか気が進まないのです。しばらく姫君がどこかにお姿をお隠しになっても、姫君の愛情が強いお方にお決めになるのがいいと存じます」と、匂宮のおみごとさにすっかり憧れきっておりますので、ひたむきに申します。

薫の君からは、あのお手紙のお返事さえいただかないうちに、何日か過ぎてしまいました。

そんなある日、右近が恐ろしそうに

れば、右近《うこん》しもあひ《い》たり。

内舎人「殿《との》に召《め》しはべりしかば、今朝《けさ》参《まい》りはべりて、ただ今《いま》なんまかり帰《かえ》りはんべりつる。雑事《ぞうじ》ども仰《おお》せられつるついでに、かくておは《わ》しますほどに、夜半《よなか》、暁《あかつき》のことも、なにがしらかくてさぶらふ《う》と思《おも》ほして、宿直人《とのいびと》わざとさしたてまつらせたまふ《う》こともなきを、このごろ聞《き》こしめせば、女房《にょうぼう》の御《おん》もとに、知《し》らぬ所《ところ》の人々通《ひとびとかよう》ふやう《よ》にな

話していた内舎人《うどねり》という者がやってきました。聞きしにまさる見るからに荒くれた、太って野暮《やぼ》ったい年寄りで、声もしわがれています。さすがに何となくただ者とは見えないのが、「女房に申し上げたいことがあります」と、従者に言わせますので、右近が会いました。

「薫の大将に呼ばれまして、今朝京に行って、ただ今帰ってきたところです。さまざまな雑事を拙者《せっしゃ》にお申しつけになられますついでにおっしゃいますには、こちらの姫君がこうして宇治にいらっしゃいますうちは、夜中や明け方の警備のことも、拙者がこうして相務めておりますので、御安心して、

ん聞《き》こしめすことある。用意《ようい》してさぶらへ《え》、便《びん》なきこともあらば、重《おも》く勘当《かんどう》せしめたまふ《う》べきよしなん仰《おお》せ言《ごと》はべりつれば、いかなる仰《おお》せ言《ごと》にかと、恐《おそ》れ申《もう》しはんべる」と言《い》ふ《う》を聞《き》くに、

梟《ふくろう》の鳴《な》かんよりも、いともの恐《おそ》ろし。

君《きみ》は、げに、ただ今《いま》、いとあしくなりぬべき身《み》なめりと思《おぼ》すに、宮《みや》よりは、「いかにいかに」と、苔《こけ》の乱《みだ》るるわりなさをのたまふ《う》、いとわづらは《わ》し

宿直《とのい》の人々をわざわざ京からさし向けられることもなかったのでした。ところが最近、薫の大将のお耳に入った噂《うわさ》では、女房のところにあちこちのどこの誰とも知れない男たちが通っているとのこと。『今後よく気をつけて夜番をせよ。不届きなことがあれば、厳重に罰するぞ』との仰せでございましたので、どういうわけでこんなことをおっしゃられるのかと、拙者、恐れ入っております」と言うのを聞いて、右近は、梟《ふくろう》の鳴き声よりももっと恐ろしい気がします。

浮舟の君は、右近の言う通り、ついに今こそ身の破滅がきたと、お思いになります。匂宮からは、いつ逢えるの

くてなん。
とてもかくても、一方一方《ひとかたひとかた》につけて、いとうたてあることは出《い》で来《き》なん、わが身《み》ひとつの亡《な》くなりなんのみこそめやすからめ、昔《むかし》は、懸想《けそう》ずる人《ひと》のありさまのいづれとなきに思《おも》ひわづらひてだにこそ、身《み》を投《な》ぐるためしもありけれ、ながらへ《え》ばかならずうきこと見《み》えぬべき身《み》の、亡《な》くならんは何《なに》か惜《お》しかるべき、親《おや》もしばしこそ嘆《なげ》きま

か、引っ越しはどうなったのかと、待ち切れない切なさを訴えていらっしゃいます。ほんとうに困ったことです。

「とにもかくにももうこうなっては、どちらのお方に従ったところで、一方一方につけて、ひどくわずらわしいことが起こるにちがいない。それならいっそ自分一人が死んでしまうのが、一番無難な方法なのだ。昔は、恋された二人の男の愛情にどちらがいいとも決められなくて、思い悩んだ末、それだけで女がとうとう身を投げて死んだ例もあったではないか。このまま生き永らえていれば、必ず、辛い目を見るにちがいない。わたしの死ぬのが、何の、惜しいことがあろう。母君だって

どひ《い》たまは《わ》め、あまたの子《こ》どもあつかひ《い》に、おのづから忘《わす》れ草《ぐさ》摘《つ》みてん、ありながらもてそこなひ《い》、人笑へ《ひとわらえ》なるさまにてさすらへ《え》むは、まさるもの思ひ《おもい》なるべし、など思ひ《おもい》なる。

児《こ》めきおほ《お》どかに、たをたをと見《み》ゆれど、気《け》高《だこ》う世《よ》のありさまをも知《し》る方《かた》少《すく》なくて、生《お》ほ《お》したてたる人《ひと》にしあれば、すこしおずかるべきことを、思ひ《おもい》寄《よ》るなりけむかし。


死ねばしばらくの間はお悲しみのあまりうろうろされるだろうけれど、そのうち、たくさんの子供たちの世話に紛れて、いつかはその嘆きもお忘れになるだろう。これ以上生き永らえたところで、身を持ち崩し、人の笑い物になって落ちぶれさすらうなら、死ぬよりもっと情けない嘆きをみることだろう」などと、思いつめるのでした。

　あどけなくおっとりとして、嫋々《じょうじょう》と見えますけれど、常陸《ひたち》の田舎で、ただ上品にと、世間のことなどは広く知らされずに育てられた人なので、身投げして自殺しようなどと、少しは怖《こわ》がりそうなことも、思いついたのでしょう。

むつかしき反故《ほぐ》など破《や》りて、おどろおどろしく一《ひと》たびにもしたためず、燈《とう》台《だい》の火《ひ》に焼《や》き、水《みず》に投《な》げ入《い》れさせなどやう《よ》やう《よ》失ふ《うしなう》。

二十日《はつか》あまりにもなりぬ。かの家《いえ》主《あるじ》、二十八日《にじゅうはちにち》に下《くだ》るべし。宮《みや》は、「その夜《よ》かならず迎《むかえ》へむ。下人《しもびと》などによくけしき見《み》ゆまじき心《こころ》づかひ《い》したまへ《え》。こなたざまよりは、ゆめにも聞《き》こえあるまじ。疑《うたがい》ひたまふ《う》な」などのたま

それからは、残しておけないような厄介な恋文などは破って、それも目立つように一度には始末せず、少しずつ燈台《とうだい》の火で焼いたり、川に投げ捨てさせたりして、だんだん始末してゆきます。

二十日過ぎにもなりました。匂宮が浮舟の君を迎えようとしていらっしゃるあの家の主人は、二十八日に任地に下る予定になりました。匂宮からのお手紙には、「その日の夜は必ずわたしが迎えに行く。下々の者たちに上京の気配を気どられぬように、よくよく注意しなさい。わたしのほうは決して人に知られるようなことはしない。わたしをお疑いにならぬように」などとお

ふ《う》。

浮舟「かくのみ言《い》ふ《う》こそいと心憂《こころう》けれ。わりなく、かくのみ頼《たの》みたるや《よ》うにのたまへ《え》ば、いかなることをし出《い》でたまは《わ》むとするにかなど思《おも》ふ《う》につけて、身《み》のいと心憂《こころう》きなり」とて、返《かえ》り事《こと》も聞《き》こえたまは《わ》ずなりぬ。

宮《みや》、かくのみなほ《お》うけひくけしきもなくて、返《かえ》り事《こと》さへ《え》絶《た》え絶《だ》えになるは、かの人《ひと》のあるべきさまに言《い》ひ《い》した

っしゃっています。

浮舟の君は、「いつもそんなふうに決めてしまって言われるのが、とても厭《いや》なのです。匂宮はまるで、わたしのほうから無理にお願いしているようにおっしゃるので、いったいどのようになさるおつもりかしらなどと、考えるにつけても、わたしはほんとうに辛《つら》い」とおっしゃって、匂宮にお返事もさし上げないままでした。

匂宮は、「こんなふうに、いつまでも承知する様子もなく、手紙の返事さえ、ほとんど寄こさなくなったのは、あの薫の君が、もっともらしく、ぬかりなく説き伏せて、そのため少しだけでも安心なほうへ落ち着こうと心を決

ためて、すこし心《こころ》やすかるべき方《かた》に思《おも》ひ定《さだ》まりぬるなめり、行《ゆ》く方知《かたし》らず、むなしき空《そら》に満《み》ちぬる心地《ここち》したまへ《え》ば、例《れい》の、いみじく思《おぼ》したちておはし《わ》ましぬ。

匂宮「ただ一言《ひとこと》もえ聞《き》こえさすまじきか。いかなれば、今《いま》さらにかかるぞ。なほ《お》人々《ひとびと》の言《い》ひ《い》なしたるやう《よ》あるべし」とのたまふ《う》。ありさまくはし《わ》く聞《き》

めたのだろう」などと、つくづく物思いに沈んでいらっしゃいますと、恋しさは行《ゆ》く方《かた》も知らず虚空《こくう》に満ちあふれてしまうように思われますので、例によって、ずいぶん無理をして思い立たれ、ひと思いに宇治へいらっしゃいました。

匂宮は、「ただひと言もあの方とお話が出来ないのか。いったいどうして今更、こんなことになったのか。やはり、女房たちが薫の君に告げ口をしたのだろう」とおっしゃいます。

侍従は山荘の様子をくわしく匂宮にお話しして、「今夜はこのままになさって、京へお迎えになられる日を、前もって誰にも気づかれないように、お

こえて、侍従「やがて、さ思《おぼ》しめさむ日《ひ》を、かねては散《ち》るまじきさまにたばからせたまへ《え》。かくかたじけなきことどもを見《み》たてまつりはべれば、身《み》を捨《す》てても思《おも》うたまへ《え》たばかりはべらむ」と聞《き》こゆ。

右近《うこん》は、言《い》ひ切《き》りつるよし言《い》ひゐ《い》たるに、君《きみ》は、いよいよ思《おも》ひ乱《みだ》るること多《おお》くて臥《ふ》したまへ《え》るに、入《い》り来《き》てありつるさま語《かた》るに、答へ《いらえ》もせねど、枕《まくら》の

はからい下さいませ。こんなもったいない御様子を目の当《ま》たりに拝しましては、わたしは身を捨てても、お心に添うようにお取りはからいする覚悟でございます」と、申し上げます。

右近から、匂宮にはっきりとお断りしたことを聞かされるにつけても、浮舟の君は、いっそう思い悩まれることが多くて、横になられたところへ、侍従が入って来て、匂宮との一部始終をお話ししますと、浮舟の君は、お返事はなさいませんけれど、枕も浮くばかりに涙があふれつづけますのを、一方では右近や侍従が何と思うだろうと、恥ずかしくなられます。

母君のことも思えばたまらなく恋し

やうやう浮《う》きぬるを、かつはいかに見《み》るらむとつつまし。

親《おや》もいと恋《こい》しく、例《れい》は、ことに思《おも》ひ出《い》でぬはらからの醜《みにく》やかなるも恋《こい》し。宮《みや》の上《うえ》を思《おも》ひ出《い》できこゆるにも、すべていま一《ひと》たびゆかしき人多《ひとおお》かり。

人《ひと》は、みな、おのおの物染《ものそ》め急《いそ》ぎ、何《なに》やかやと言《い》へど、耳《みみ》にも入《い》らず。夜《よる》となれば、人《ひと》に見《み》つけられず出《い》でて行《ゆ》くべき方《かた》を思《おも》ひまうけつつ、寝《ね》られぬ

く、日頃は格別思い出しもしない弟妹たちの、器量の悪いのさえ、恋しくなります。中の君を、お思い出し申し上げるにつけても、誰もみな、もう一度お会いしておきたい人がたくさん浮かびます。

女房たちは皆、引っ越しのために染《そ》め物《もの》などして支度を急ぎ、何だかだと言いますが、浮舟の君はそんな言葉は耳にも入りません。夜になると、人に見つけられないよう、この山荘を出て行く方策をあれこれ思案しながら、眠れないままに、気分も悪くなって、正気も失ってしまったのでした。夜が明けると、宇治川のほうを眺めながら、入水《じゅすい》を思って、羊の歩みよりも死地に

ままに、心地《ここち》もあしく、みな違《たが》ひにたり。明《あ》けたてば、川《かわ》の方《かた》を見《み》やりつつ、羊《ひつじ》の歩《あゆ》みよりもほどなき心地《ここち》す。京《きよう》より、母《はは》の御文《おんふみ》持《も》て来《き》たり。限《かぎ》りと思《おも》ふ命《いのち》のほどを知《し》らで、かく言《い》ひつづけたまへ《え》るも、いと悲《かな》しと思《おも》ふ。寺《てら》へ人《ひと》やりたるほど、返《かえ》り事《こと》書《か》く。乳母《めのと》、「あやしく心《こころ》ばしりのするかな。夢《ゆめ》も騒《さわ》がしとのたまはせ《わ》たりつ。宿直人《とのいびと》、よくさぶらへ《え》」と言《い》はす《わ》る

近づいているように思います。

そこへ京から母君のお手紙が届きました。今は最期と思っている自分の命のことも知らず、母君がこんなふうに書きつづけてこられたのも、ひどく悲しくてなりません。山の寺へ京の使いをやっている間に、母君への返事を書きます。

乳母《めのと》が、「何だか今夜は妙に胸騒ぎがすること。母君のお手紙にも、夢も穏やかでなくて不吉だったと、お書きになっていらっしゃった。宿直の人は、よく警戒して下さい」と、女房に言わせているのを、浮舟の君は横になられたまま、辛い思いで聞いていらっしゃいます。

を、苦《くる》しと聞《き》き臥《ふ》したまへ《え》り。乳母「物《もの》きこしめさぬ、いとあやし。御湯漬《おんゆづけ》」などよろづに言《い》ふ《う》を、さかしがるめれど、いと醜《みにく》く老《お》いなりて、我《われ》なくは、いづくにかあらむと思《おも》ひ《い》やりたまふ《う》もいとあは《わ》れなり。

世《よ》の中《なか》にえありはつまじきさまを、ほのめかして言《い》は《わ》むなど思《おぼ》すに、まづおどろかされて先立《さきだ》つ涙《なみだ》をつつみたまひ《い》て、ものも言《い》は《わ》れず。

「お食事を召し上がらないのは、よくないことです。せめてお湯漬《ゆづ》けでも」などと、あれこれしきりに乳母が勧《すす》めるのを、「乳母は気が利くつもりであれこれ世話を焼いてくれるけれど、とても醜《みにく》い年寄りになってしまった。わたしの死んだ後は、いったいどこへ行くのだろう」とお思いやりになると、たいそう可哀そうに思います。

この世の中では、とうてい生き永らえることが出来ない自分なのだ。そのわけを乳母にそれとなく知らせてやりたいと、お思いになりますけれど、乳母がそれを聞いただけでまず驚かされて、言葉より先に涙がどっとあふれてくるだろうと気にされて、何もおっし

右近《うこん》、ほど近《ちか》く臥《ふ》すとて、右近「かくのみものを思《おも》ほせば、もの思《おもう》ふ人《ひと》の魂《たましい》はあくがるなるものなれば、夢《ゆめ》も騒《さわ》がしきならむかし。いづ方《かた》と思《おぼ》しさだまりて、いかにもいかにもおは《わ》しまさなむ」とうち嘆《なげ》く。萎《な》えたる衣《きぬ》を顔《かお》に押《お》し当《あ》てて、臥《ふ》したまへ《え》りとなむ。

やれません。

右近がすぐ側で寝《やす》ませていただくと言って、「こんなふうに、物思いばかりなさいましたら、物思う人の魂《たましい》は体をさ迷い出して、ふらふらと放浪するとか言いますので、母君の御夢見も穏やかでなかったのでしょう。お二方のうちどちらか一人にお決めになって、あとはどうとも御運にお任せなさいませ」と、溜め息をつきます。浮舟の君は着馴れて萎《な》えたお召物を顔に押しあてて、臥《ふ》せっていらっしゃいましたとか。

「浮舟」の帖は、小説としての出来映えも、五十四帖中、「若菜《わかな》」と並ぶ圧巻で、どうしても読み落とせない名編である。この最後の四帖には、紫式部《むらさきしきぶ》の小説家としての天分がまさに開花しきったという見事さと安定感を感じさせられる。

匂宮《におうのみや》は、前年の秋、誰ともわからなかったが、一目で心を奪われた女を忘れることが出来なかった。不粋《ぶすい》な乳母《めのと》に邪魔をされて、ことが未遂《みすい》に終っただけに、未練が残っていて、もっとあの女について知りたいと思いつづけていた。浮舟は薫《かおる》に宇治《うじ》へ伴われ、囲われ者になったものの、薫は公務で忙しいのと、宇治への道のりは遠いのでなかなか訪れることが出来ない。淋しい馴れない土地での打ち捨てられたような暮しは、若い浮舟にとってはわびしいものであった。

浮舟の姉の中《なか》の君《きみ》と結婚していた匂宮が、正月、中の君の部屋で若君をあやしている時、宇治から中の君へ手紙が届いた。匂宮がその手紙を読み、あの女からだと気がつく。薫が浮舟の一番上の姉の大君《おおいきみ》の死後もまだ宇治に通っているらしいと知り、腹心の大内記《だいないき》にさぐらせると、やはり薫が去年の秋頃から女を宇治に囲っているという。

匂宮はあの女かどうか確かめたくなり、薫の行かない日を確認して、大内記に案内させ早速宇治に行く。格子《こうし》の隙間《すきま》から洩《も》れる灯を頼りに覗《のぞ》くと、やはりあの女が腕を枕に女房たちと話していた。その目もとや額ぎわが中の君に似ていると匂宮は思う。女たちの寝静まるのを待って匂宮は戸を叩く。女房の右近《うこん》が「とにかく開けてくれ」という男の声を、薫だと思いこんで開けてしまう。「途中で追いはぎに遭《あ》って、変な恰好になっているから誰にも見せるな」という匂宮の言葉も、右近は頭から信じてしまう。難なく浮舟の寝所に入った匂宮は、薫になりすまし、浮舟を手に入れてしまった。

浮舟はことの途中で、人が違うと気がついたが、声も出せない。想いつづけていたことの切なさなどを訴える男の声に、浮舟は匂宮だと気づき、薫にも申しわけないし、中の君に対しても、言いわけが出来ないと思い悩む。

匂宮は翌日も居つづけて帰らない。薫の君ではなかったと知った右近も驚愕《きようがく》するが、すべては後の祭りである。匂宮は、薫に比べてずっと女の扱いに馴れているし、しかも情熱的なので、浮舟は、匂宮の魅力のとりこになっていく。その日、浮舟は母と、石山《いしやま》寺《でら》に参詣《さんけい》する予定だった。右近は匂宮に指示されて、母には、折悪《おりあ》しく浮舟が生理になったと嘘《うそ》を告げ、秘密に加担《かたん》してしまう。

二月になって、ようやく宇治を訪れた薫に、浮舟は目も合わせられない。何も知らない薫は、沈んでいる浮舟を、自分の訪れが少ないのを恨んでいるのだと思い、一方では、しばらく来ない間に、妙に女らしく成長したと思う。二月の十日ごろ、宮中で詩宴があり、会の後、雪の宿直所《とのいどころ》で、薫が「さむしろに衣《ころも》かたしき今宵《こよい》もや」と、いい気持らしくつぶやくのを見て、匂宮は嫉妬《しっと》にかられ、翌日、再び宇治へ行く。

雪の中を難渋《なんじゅう》してたどりついた、匂宮の情熱的な訪れに浮舟は感動する。匂宮は、ふたりだけでゆっくり逢瀬《おうせ》を愉《たの》しみたいと思い、有無《うむ》を言わせぬ強引さで浮舟を抱いて小舟に乗せ、向う岸へ連れ出す。月の照り輝く宇治川を、しっかりと匂宮の腕に抱きしめられたまま、小舟に揺られていく浮舟は、すでに薫よりも匂宮に傾ききっていた。対岸の家来の家で、二日間、ふたりは愛に耽溺《たんでき》しきった時間を共有する。

しかしその最中にも、匂宮は心の中で、「この女は女一の宮（匂宮の姉）の女房にしたら、見映《みば》えがしていいだろう」などと考えている。つまり匂宮にとっては、浮舟という女はその程度の立場しか与えられていないのである。薫もまた、はじめから、浮舟を自分の妻の一人にしようなどとは考えてもいない。八の宮の胤《たね》でありながら、だれからも、そういう見下げられた存在でしかない浮舟の、あわれさの本質を浮舟自身は気づいていない。

やがて匂宮の使いと薫の使いが宇治で鉢合《はちあ》わせをして、情事の秘密は薫にばれてしまう。薫は浮舟にも匂宮にも怒りを覚え、浮舟に、お前の不貞《ふてい》はわかったぞという意味の、怒りの歌と手紙を送るが、浮舟は、「宛名が間違っているのかもしれませんから」と、その手紙を返してしまう。浮舟は身も心もすでに匂宮に奪われてしまった自分を、薫に対して怪《け》しからぬ女と思い自戒《じかい》している。二人の男に思いもかけない状態で通じてしまった自分を、けがらわしいとも醜《みにく》いとも思っているのだった。

薫は自分の荘園《しょうえん》の男たちに厳重に山荘を警護させ、ほかの男を一歩も近づけないように見張らせる。右近と侍従《じじゅう》の二人の女房だけが、この三角関係の秘密を知っていて、何とかこの危機をきりぬけなければと、浮舟に意見を申し上げる。「この際、どちらかお一人にお決めなさいまし。お嘆きのあまり、お体まで痩《や》せ衰えたりなさるのは、何の得にもなりません」「姫君がお考えになって、少しでもお気持の惹《ひ》かれるお方こそが因縁の人とお決めなさいませ」というそれぞれの意見は、現代の恋愛相談の回答にもあてはまる内容である。

匂宮も薫も浮舟を京へ呼び、ひそかに囲って、いつでも逢えるようにしたいとその支度を急いでいた。浮舟は、薫にことがばれて以来、身の置きどころもなく辛《つら》くて、心を千々《ちぢ》に砕《くだ》くうちに、次第に、自分が死ぬのがいいのだという考えに傾いてゆく。薫は誠意があるし、恩を感じている。しかし匂宮が切なく恋しい。ことを知ったら、母はどんなに悲しむだろうか。また中の君には何と言いわけが出来よう。やはり、こんな自分は宇治川に身を投げるしかないと、次第に浮舟の心は追いつめられてゆく。

# 蜻蛉《かげろう》

かしこには、人々《ひとびと》、おはせぬを求《もと》め騒《さわ》げどかひ《い》なし。物語《ものがたり》の姫君《ひめぎみ》の人《ひと》に盗《ぬす》まれたらむ朝《あした》のやうなれば《よ》、くはしく《わ》も言《い》ひつ《い》づけず。

京《きよう》より、ありし使《つかい》の帰《かえ》らずなりにしかば、おぼつかなしとて、また人《ひと》おこせたり。「まだ、鶏《とり》の鳴《な》くになむ、出《い》

薫（二十七歳）

あの宇治《うじ》の山荘では、翌朝、浮舟《うきふね》の君《きみ》がいらっしゃらないのに気づき、女房《にようぼう》たちが大騒ぎをして探しまわりましたけれど、今更何の甲斐《かい》もありませんの。物語の中の姫君が、誰かに盗まれた朝のような騒ぎなので、改めてくわしくも書きません。

京の母君から、昨日の使いがまだ戻ってこないので不安だと、また新しい使いを宇治に寄こされました。「まだ鶏《とり》の鳴いている時刻に、出発しろとお

だし立《た》てさせたまへる《え》」と使《つかい》の言《い》ふ《う》に、いかに聞《き》こえんと、乳母《めのと》よりはじめて、あわてまどふ《う》こと限《かぎ》りなし。思《おも》ひ《い》やる方《かた》なくてただ騒《さわ》ぎあへ《え》るを、かの心《こころ》知《し》れるどちなん、いみじくものを思《おも》ひ《い》たまへ《え》りしさまを思《おも》ひ《い》出《い》づるに、身《み》を投《な》げたまへ《え》るかとは思《おも》ひ《い》寄《よ》りける。

泣《な》く泣《な》くこの文《ふみ》を開《あ》けたれば、

母君いとおぼつかなさにまどろまれ

っしゃいまして」とその使いが言いますのに、何とお返事したものかと、乳母《めのと》をはじめ女房たちは、あわて惑うばかりで、途方にくれてしまいます。

何の推量する方法もないので、女房たちはただ騒ぐばかりですが、秘密を知っているあの右近《うこん》や侍従《じじゅう》たちは、浮舟の君がこの頃、ただならず思い悩み悲しんでいらっしゃった御様子を思い出して、宇治川に身投げをなさったのではないだろうか、と考えつくのでした。

泣く泣く、母君からの今届いたお手紙をあけてみますと、「あなたのことがあまりに気がかりで、眠れなかったせいか、今夜は夢にさえ、ゆっくりお

はべらぬけにや、今宵《こよい》は夢《ゆめ》にだにうちとけても見《み》えず、ものにおそはれ《わ》つつ、心地《ここち》も例《れい》ならずうたてはべるを、なほい《お》と恐《おそ》ろしく。ものへ渡《わた》らせたまはんことは近《ちか》かなれど、そのほど、ここに迎《むか》へたてまつりてむ。今日《きょう》は雨降《あめふ》りはべりぬべければ。

などあり。昨夜《よべ》の御返《おんかえ》りをも開《あ》けて見《み》て、右近《うこん》いみじう泣《な》く。

宮《みや》にも、いと例《れい》ならぬ気色《けしき》ありし御《おん》

姿を見ることも出来ず、何かに魘《おそ》われているようで、気分もいつもと違ってひどく悪いので、やはり不吉なことでも起こったのかととても恐ろしくてなりません。京へお移りになるのも近々のようですが、それまでの間、ひとまずこちらへお迎えいたしましょう。でも今日は雨になりそうなお天気ですから、またの日に」などと書いてあります。浮舟の君の昨夜の母君へのお返事もあけてみて、右近は激しく泣きます。

匂宮《におうのみや》のほうでも、いつもとはひどく様子の違ったわけありげな浮舟の君のお返事を御覧になって、「何を考えているのだろう。さすがにわたしを慕《した》

返《かえ》り、いかに思《おもう》ふならん、我《われ》を、さすがにあひ《い》思《おもい》ひたるさまながら、あだなる心《こころ》なりとのみ深《ふか》く疑《うたがい》ひたれば、ほかへ行《い》き隠《かく》れんとにやあらむ、と思《おぼ》し騒《さわ》ぎて、御使《おんつかい》あり。

あるかぎり泣《な》きまどふ《う》ほどに来《き》て、御文《おんふみ》もえ奉《たてまつ》らず。使「いかなるぞ」と下衆女《げすおんな》に問《と》へ《え》ば、女「上《うえ》の、今宵《こよい》、には《わ》かに亡《う》せたまひ《い》にければ、ものもおぼえたまは《わ》ず。頼《たの》もしき人《ひと》もおは《わ》し

ってくれている様子だったけれど、わたしをひどく浮気な性分からの出来心ではないかと、いつも深く疑っていたから、どこかほかへ姿をくらまそうというつもりなのだろうか」と胸騒ぎを覚えられて、お手紙をお使いに持たせて寄こされました。

　そのお使いは山荘ですべての人々が泣きうろたえている最中に着きましたので、宮のお手紙をお渡しすることも出来ず、「これは一体どうしたことですか」と、下働きの女に問いますと、「姫君が昨晩、急にお亡くなりになりましたので、どなたもみな、さっぱりわけがわからなくなっていらっしゃるのです。頼りになる薫《かおる》の大将《たいしょう》さまもい

まさぬをりなれば、さぶらひ《い》たまふ《う》人々《ひとびと》は、ただ物《もの》に当《あ》たりてなむまどひ《い》たまふ《う》」と言《い》ふ《う》。心《こころ》も深《ふか》く知《し》らぬ男《おのこ》にて、くは《わ》しくも問《と》は《わ》で参《まい》りぬ。

匂宮「時方《ときかた》、行《い》きて気色《けしき》見《み》、たしかなること問《と》ひ《い》聞《き》け」とのたまへ《え》ばいとほ《お》しき御気色《みけしき》もかたじけなくて、夕《ゆう》つ方《かた》行《ゆ》く。

侍従《じじゅう》ぞあひ《い》たりける。侍従「いとあさましく、思《おぼ》しもあへ《え》ぬさまにて亡《う》せ

らっしゃらない時なので、ここにおいでのみなさま方は、ただもうあわてふためいて、右往左往しては物に突き当たったりして、まごついてばかりいらっしゃいます」と言います。

お使いはこちらの事情も深くは知らない男だったので、くわしいことも訊《き》かないで、そのまま京へ戻りました。

匂宮は時方《ときかた》に、「すぐ宇治に行って様子を見て、確かなことを問いただしてくるように」とおっしゃいます。

その匂宮の御心配そうなおいたわしい御様子も、お気の毒でもったいないので、時方は夕方、宇治へ出かけました。

侍従が会いました。「ほんとうに何

たまひ《い》にたれば、いみじと言《い》ふ《う》にも飽《あ》かず、夢《ゆめ》のや《よ》うにて、誰《たれ》も誰《たれ》もまどひ《い》はべるよしを申《もう》させたまへ《え》。すこしも心地《ここち》のどめはべりてなむ、日《ひ》ごろもの思《おぼ》したりつるさま、一夜《ひとよ》いと心苦《こころぐる》しと思《おも》ひ《い》きこえさせたまへ《え》りしありさまなども、聞《き》こえさせはべるべき。この穢《けが》らひ《い》など、人《ひと》の忌《い》みはべるほど過《す》ぐして、いま一《ひと》たび立《た》ち寄《よ》りたまへ《え》」と言《い》ひ《い》て泣《な》くこといといみじ。

ということでしょう。こんな想像もつかないような御様子で、突然お亡くなりになりましたので、悲しいなどと言っても飽きたらず、ただもう夢を見ているようで、誰もみな、何が何だかわからずおろおろしている有り様だと、匂宮さまにお伝え下さいまし。少しは気持が落ち着きましてから、最近、いつも物思いに沈みがちだった姫君の御様子や、先日の夜、せっかくいらして下さいましたのに、お逢い出来なかったことを、ほんとうにお気の毒なことをしたと、悲しんでいらっしゃった有り様なども、お話し申し上げましょう。この死の穢《けが》れなど、世間で忌《い》む期間がすみましたなら、もう一度お立ち

雨《あめ》のいみじかりつる紛《まぎ》れに、母君《ははぎみ》も渡《わた》りたまへ《え》り。さらに言《い》はむ方《かた》もなく、母君「目《め》の前《まえ》に亡《な》くなしたらむ悲しさは、いみじう《じゅう》とも、世《よ》の常《つね》にてたぐひ《い》あることなり。これはいかにしつることぞ」とまどふ《う》。

かかることどもの紛《まぎ》れありて、いみじう《じゅう》もの思《おも》ひ《い》たまふ《う》らんとも知《し》らねば、身《み》を投《な》げたまへ《え》らんとも思《おも》ひ《い》も寄《よ》らず、鬼《おに》や食《く》ひ《い》つらん、狐《きつね》めくものや

寄り下さいまし」と言って、ただもう激しく泣くばかりでした。

雨がひどく降りしきるのに紛れて、母君も宇治にいらっしゃいました。今更、言葉もないほどに悲しがり、「目の前で可愛い娘の死ぬのを見る悲しさは、どんなに辛《つら》いことといっても、死は人の世の常で、ほかにも例のあるものです。それなのに、こんな死に方をするとは。いったいどうしたことでしょう」と泣き惑うのでした。

最近、浮舟の君はこうした匂宮とのこみいった仔細《しさい》があって、ひどく悩み沈んでいらっしゃったとも母君は一向に御存知ないので、姫君が思いつめて宇治川に身投げしようなどとは、思い

とりもて去《い》ぬらん、いと昔物語《むかしものがたり》のあやしきものの事《こと》のたとひ《い》にか、さや《よ》うなることも言《い》ふ《う》なりしと思《おも》ひ《い》出《い》づ。

侍従《じじゅう》などこそ、日《ひ》ごろの御気色《みけしき》思《おも》ひ《い》出《い》で、「身《み》を失《うしな》ひ《い》てばや」など泣《な》き入《い》りたまひ《い》しをりをりのありさま、書《か》きおきたまへ《え》る文《ふみ》をも見《み》るに、「亡《な》き影《かげ》に」と書《か》きすさびたまへ《え》るものの、硯《すずり》の下《した》にありけるを見《み》つけて、川《かわ》の方《かた》を見《み》やりつつ、響《ひび》きののしる水《みず》の音《おと》を聞《き》

も寄らず、「鬼に食われてしまったのだろうか、狐《きつね》のようなものがさらっていったのか。昔物語には不思議な話の例として、そんなことも書いてあったようだが」と思い出します。

侍従などは、「死んでしまいたい」などおっしゃって、泣き沈んでいらっしゃった近頃の姫君の御様子を思い出し、書き残されたものをしらべますと、「亡き影に」と書き散らされた歌が硯《すずり》の下にありました。それを見つけて侍従たちは、さては入水《じゅすい》なさったのかと、宇治川のほうを眺めながら、とどろき渡る水音を聞くにつけても、気味悪く悲しく思います。

「こうして川に身投げしてしまったお

くにも疎《うと》ましく悲《かな》しと思ひ《おもい》つつ、
侍従「さて亡《う》せたまひ《い》けむ人《ひと》を、とかく言《い》ひ《い》騒《さわ》ぎて、いづくにもいづくにも、いかなる方《かた》になりたまひ《い》にけむと思《おぼ》し疑は《うたがわ》んも、いとほ《お》しきこと」と言《い》ひ《い》あは《わ》せて、「忍《しの》びたることとても、御心《みこころ》より起《お》こりてありしことならず。親《おや》にて、亡《な》き後《のち》に聞《き》きたまへ《え》りとも、いとやさしきほどならぬを、ありのままに聞《き》こえて、かくいみじくおぼつか

方のことをあれこれ騒ぎ立てて、あちらでもこちらでもどうなられたのだろうと、いろいろお疑いになっていらっしゃるのも、お気の毒なことですわね」と右近と侍従は話し合って、「匂宮との内緒事だって、御自分のほうからなさったことではないのですもの。母君が親として姫君の亡くなられた後に、あのことをお聞きになったとしても、お相手があんな高貴のお方なのですから、それほど身の瘦《や》せ細るような恥ずかしい思いをなさることはないでしょう。いっそありのままに事実をお話し申し上げて、こんなふうに、亡くなられた悲しさの上に、お亡骸《なきがら》がいったいどうなったのかわからない御不安

なきことどもをさへ《え》、かたがた思《おも》ひ《い》まどひ《い》たまふ《う》さまは、すこしあきらめさせたてまつらん。なほ《お》聞《き》こえて、今《いま》は世《よ》の聞《き》こえをだにつくろはむ」と語《かた》らひ《い》て、忍《しの》びてありしさまを聞《き》こゆるに、

言《い》ふ《う》人《ひと》も消《き》え入《い》り、え言《い》ひ《い》やらず、聞《き》く心地《ここち》もまどひ《い》つつ、さば、このいと荒《あら》ましと思《おも》ふ《う》川《かわ》に流《なが》れ亡《う》せたまひ《い》にけりと思《おも》ふ《う》に、いとど我《われ》も落《お》ち入《い》りぬ

まで加わって、あれこれと思い惑っていらっしゃるお心を、少しは晴らしてさし上げましょう。やはり母君に事実を申し上げて、今となっては、せめて世間への体面だけでも取りつくろわなければ」

と、こっそり、これまでのことを、母君に、ありのままにお話しいたしました。

　言うほうも気を失いそうになり、語りつづけることが出来ません。聞くほうは、まして混乱しきってわけがわからず、「では、あの人は、この恐ろしい荒々しい川に、身を投げて流されて死んでおしまいになったのか」と思います。いっそう心は乱れ、自分も川に

べき心地《ここち》して、母君「おは《わ》しましにけむ方《かた》を尋《たず》ねて、骸《から》をだに、はかばかしくをさめむ」とのたまへ《え》ど、「さらに何《なに》のかひ《い》はべらじ。行《ゆ》く方《へ》も知《し》らぬ大《おお》海《うみ》の原《はら》にこそおは《わ》しましにけめ。さるものから、人《ひと》の言《い》ひ《い》伝へ《つたえ》んことはいと聞《き》きにくし」と聞《き》こゆれば、とざまか《こ》うざまに思《おも》ふに、胸《むね》のせきのぼる心地《ここち》して、いかにもいかにもすべき方《かた》もおぼえたまは《わ》ぬを、

落ち込んでしまいそうな気がします。

「流れていらっしゃった行方を尋ねて、せめて亡骸だけでも、きちんと埋葬してさし上げたい」と母君はおっしゃいますけれど、「お探しになりましても、今更何の甲斐がありましょう。今ではもう行方も知らぬ大海原《おおうなばら》に流れておしまいになったことでしょう。ですから、無駄にお探しになって、かえって世間の噂《うわさ》になりましては、面倒な聞きづらいことになりましょう」と右近たちが申し上げますので、母君はどうしようにもこうしようにも、胸がせき上げるようで苦しく、ほんとうにどうしたらいいのかわからなくなってしまいます。

この人々二人《ひとびとふたり》して、車寄《くるまよ》せさせて、御座《おまし》ども、け近《ぢこ》う使ひ《つかい》たまひ《い》し御調度《おんちょうど》ども、みながら脱《ぬ》ぎおきたまへ《え》る御《おん》衾《ふすま》などやう《よ》のものをとり入《い》れて、乳母《めのと》子《ご》の大徳《だいとこ》、それが叔父《おじ》の阿闍梨《あざり》、その弟子《でし》の睦《むつ》ましきなど、もとより知《し》りたる老法師《おいほうし》など、御忌《おんいみ》に籠《こも》るべきかぎりして、人《ひと》の亡《な》くなりたるけはひ《い》にまねびて、出《い》だし立《た》つるを、乳母《めのと》、母君《ははぎみ》は、いとゆゆしくいみじと臥《ふ》しまろ

右近と侍従が二人してお車を寄せさせて、敷物や、浮舟の君がいつも身近にお使いになっていた御調度類、すっかり裳抜《もぬ》けの殻になっていた御夜具などのようなものまでも、みな車に運びこみます。乳母子《めのとご》の大徳《だいとこ》、その叔父の阿闍梨《あじゃり》、その弟子のごく親しく出入りしていた僧など、また前々から懇意《こんい》にしている老法師など、忌中に籠《こも》るはずになっていた僧たちだけで、人が亡くなった時の有り様に装って、お柩《ひつぎ》車を送り出します。乳母や母君は、「これでは、あんまり不吉な気がする」と言って、臥《ふ》し転《まろ》んで泣きむせびます。大夫《たいふ》や内舎人《うどねり》など、この間脅しに来た者たちもやって来て、「御葬儀のこ

ぶ。
大夫《たいふ》、内舎人《うどねり》など、おどしきこえし者《もの》どもも参《まい》りて、「御葬送《ごそうそう》のことは、殿《との》に事《こと》のよしも申《もう》させたまひて、日定《ひさだ》められ、いかめしう《しゅう》こそ仕《つこ》うまつらめ」など言ひ《いい》けれど、
右近「ことさらに、今宵《こよい》過《す》ぐすまじ。いと忍《しの》びて、と思ふ《おもう》やう《よ》あればなん」
とて、この車《くるま》を、向《む》かひ《い》の山《やま》の前《まえ》なる原《はら》にやりて、人《ひと》も近《ちこ》うも寄《よ》せず、この

とは、薫の大将に亡くなられた事情を申し上げ、御相談の上で日取りも決めて、礼を尽くして盛大に執り行うのがよろしいでしょう」などと言いましたが、
右近は、「わざと今夜のうちにすませたいのです。ごく内密にというわけがありまして」と言って、この車を向かいの山の麓《ふもと》の野原にやり、ほかの誰も近づけず、亡骸のないことを知っている僧たちだけで焼かせてしまいました。全くあっけなくすべては焼け失せて、火葬は終りました。
その頃薫の大将は、母尼宮が御病気になられましたので、御病気平癒《へいゆ》の祈願のため石山に参籠《さんろう》されて、何かとお

案内《あない》知《し》りたる法師《ほうし》のかぎりして焼《や》かす。

大将殿《だいしょうどの》は、入道《にゅうどう》の宮《みや》のなやみたまひければ、石山《いしやま》に籠《こも》りたまひて、騒《さわ》ぎたまふ《う》ころなりけり。さて、いとど、かしこをおぼつかな《の》う思《おぼ》しけれど、はかばかしう《しゅう》、さなむと言《い》ふ《う》人《ひと》はなかりければ、かかるいみじきことにも、まづ御使《みつかい》のなきを、人目《ひとめ》も心憂《こころう》しと思《おも》ふ《う》に、御庄《みそう》の人《ひと》なん参《まい》りて、しかじかと

取り込みの最中でした。それで、宇治の女君のことをいっそう御心配していらっしゃいましたのに、宇治からは、こういう事件があったと、はっきり報《しら》せてくる者もありませんでした。こんな一大事に、真っ先に薫の大将の御弔《ごちょう》問《もん》がないことを、宇治では外聞が悪く情けないと思っていました。

ようよう御荘園の人が石山寺に参上して、ことの次第を御報告しましたので、あまりの思いがけない出来事に、薫の大将はすっかり動転なさいました。薫の大将からの弔問のお使いは、翌朝早く宇治にまいりました。

あの匂宮は、また、薫の大将のお嘆きにもまして、二、三日は浮舟の君の

申《もう》させければ、あさましき心地《ここち》したまひて、御使《みつかい》、そのまたの日《ひ》、まだつとめて参《まい》りたり。

かの宮《みや》、はた、まして、二三日《ふつかみか》はものもおぼえたまはず、現《うつ》し心《ごころ》もなきさまにて、いかなる御物《おんもの》の怪《け》ならんなど騒《さわ》ぐに、やうやう涙尽《なみだつ》くしたまひて、思《おぼ》し静《しず》まるにしもぞ、ありしさまは恋《こい》しういみじく思《おもい》ひ出《い》でられたまひけ《い》る。

急死に茫然《ぼうぜん》としたまま正気もない有り様でした。いったいどんな物《もの》の怪《け》につかれたのだろうと、まわりの女房たちが騒いで日が経《た》つうちに、ようよう涙も涸《か》れ尽くされて、お心も落ち着かれます。すると生前の浮舟の君の姿が恋しくなり、また激しく悲しみがつのり、かえってたまらなく切なく思い出されます。

匂宮のお見舞いに、毎日、お邸《やしき》を訪れない人はなく、世間が騒いでいる時に、そうたいした身分でもない女を死なせた悲しみのために、家に籠《こも》りきって、お見舞いにも参上しないのは、こちらが匂宮と女とのことで、すねていると思われるにちがいないとお考えに

宮《みや》の御《おん》とぶらひに、日々《ひび》に参《まい》りたまはぬ人《ひと》なく、世《よ》の騒《さわ》ぎとなれるころ、ことごとしき際《きわ》ならぬ思《おもい》ひに籠《こも》りゐ《い》て、参《まい》らざらんもひがみたるべしと思《おぼ》して参《まい》りたまふ。そのころ、式部卿《しきぶきようの》宮《みや》と聞《き》こゆるも亡《う》せたまひにければ、御叔父《おおんおじ》の服《ぶく》にて薄鈍《うすにび》なるも、心《こころ》の中《うち》にあはれに思《おもい》ひよそへられて、つきづきしく見《み》ゆ。すこし面瘦《おもや》せて、いとどなまめかしきことまさりたまへ《え》り。

なって、薫の大将は匂宮のお邸にお見舞いに行きました。

その頃、式部卿《しきぶきょう》の宮《みや》と申し上げるお方もお亡くなりになりました。薫の君には御叔父に当たられるお方なので、その喪に服して薄鈍色《うすにびいろ》のお召物なのも、心のうちではあの人のための喪服のようにも思われてちょうど折にふさわしく感じられます。薫の君は少し面《おも》やつれして、一段と優艶《ゆうえん》に美しさがまさって見えます。

見舞客も引き揚げて、しっとりとの静かな黄昏《たそがれ》でした。

匂宮は、「たいした病気でもないのに、皆が用心しなければならない病状だと、しきりに言うものですから、帝《みかど》

人々《ひとびと》まかでてしめやかなる夕暮《ゆうぐれ》なり。

匂宮「おどろおどろしき心地《ここち》にもはべらぬを、皆人《みなひと》は、つつしむべき病《やまい》のさまなりとのみものすれば、内裏《うち》にも宮《みや》にも思《おぼ》し騒《さわ》ぐがいと苦《くる》しく、げに世《よ》の中《なか》の常《つね》なきをも、心細《こころぼそ》く思《おもい》ひはべる」

とのたまひて、おし拭《のごい》ひ紛《まぎ》らはし《わ》たまふと思《おぼ》す涙《なみだ》の、やがてとどこほらずふり落《お》つれば、いとはしたなけれど、か

も中宮《ちゅうぐう》も御心配あそばすのがたいそう心苦しくて、実にこの世の無常なことも、しみじみ心細く思われてきます」

とおっしゃって、涙を袖《そで》でおし拭《ぬぐ》い紛らそうとなさるのに、涙は袖にとどまらず、たちまちとめどなくあふれ落ちるのでした。匂宮はそれを実にきまりが悪くお思いになりますが、「必ずしもこの涙をあの人故《ゆえ》とは気づかれないだろう。ただ女々《めめ》しく気が弱い者と見られるだけだろう」とお考えになります。

薫の君は、「やはりそうだったのか。匂宮はひたすらあの人のことばかりお思いになっていらっしゃるのだ。ふたりの関係はいつから始まっていた

ならずしもいかでか心得《こころえ》ん、ただめめしく心弱《こころよわ》きとや見《み》ゆらんと思《おぼ》すも、さりや、ただこのことをのみ思《おぼ》すなりけり、いつよりなりけむ、我《われ》を、いかにをかしとものの笑《わら》ひ《い》したまふ《う》心地《ここち》に、月《つき》ごろ思《おぼ》しわたりつらむ、と思《おも》ふ《う》に、この君《きみ》は、悲《かな》しさは忘《わす》れたまへ《え》るを、

　こよなくもおろかなるかな、ものの切《せち》におぼゆる時《とき》は、いとかからぬこと

のだろう。何も気づかない自分を、さぞ間抜けな男だと長い月日もの笑いにしつづけていらっしゃったのだろう」と思うと、悲しさも忘れておしまいになるのを、

　匂宮はまた、「この人は、何とまあ情《じょう》が薄いのだろう。何かにつけても痛切に悲しい思いが心にしみるような時には、恋しい人との死別というこんな大変な場合でなくても、空を飛ぶ鳥の鳴き渡る声を聞いてさえ、心をそそられて悲しくなるものだ。自分がこんなふうに無性に心が弱っているのを見て、もし、それがあの人のためだと察しがついたとしても、それほど愛情の機微《きび》にうとい人でもないのに。人生の

につけてだに、空飛《そらと》ぶ鳥《とり》の鳴《な》きわたるにも、もよほ《お》されてこそ悲《かな》しけれ、わがかくすずろに心弱《こころよわ》きにつけても、もし心得《こころえ》たらむに、さ言《い》ふ《う》ばかり、もののあは《わ》れも知《し》らぬ人《ひと》にもあらず、世《よ》の中《なか》の常《つね》なきことを、しみて思へ《おもえ》る人《ひと》しもつれなき、とうらやましくも心《こころ》にくくも思《おぼ》さるるものから

月《つき》たちて、今日《きょう》ぞ渡《わた》らましと思ひ《おもい》出《い》でたまふ《う》日《ひ》の夕暮《ゆうぐれ》、いとものあは《わ》れな

無常を身にしみて感じ悟りきった人は、かえってこんなふうに冷静でいられるのだろうか」と、薫の君を羨《うらや》ましくも、奥ゆかしくもお思いになります。

　月が替わって、薫の君は、今日こそはあの女が生きていたら京に迎える日であったと、お思い出しになりますと、その日の夕暮は、また無性に悲しくなられます。

　中《なか》の君《きみ》は、今度の宇治での出来事についてはすべて御存知でした。あまりにもあわれにまた呆《あき》れるほどはかなかった大君《おおいきみ》といい、この妹といい、それぞれに考え深く心やさしかったのにと思うにつけても、自分ひとりはのんび

り。

女君《おんなぎみ》、このことのけしきは、みな見《み》知《し》りたまひてけり。あはれにあさましきはかなさの、さまざまにつけて心深《こころふか》き中《なか》に、我一人《われひとり》、もの思《おもい》ひ知《し》らねば、今《いま》までながらふるにや、それもいつまで、と心細《こころぼそ》く思《おぼ》す。

宮《みや》も、隠《かく》れなきものから、隔《へだ》てたまへ《え》るもいと心苦《こころぐる》しければ、ありしさまなど、すこしはとりなほ《お》しつつ語《かた》りき

りしていて深い考えもなく、今まで生き永らえているのだろうか、それさえ、いつまでのことやらと、心細くお思いになります。

匂宮も浮舟の君の件は、中の君にすっかり知られているので、今更だまっているのも心苦しく、亡くなる前の様子などを、少しは取りつくろいながらお話しになります。匂宮は、「あの人のことを、あなたがわたしに隠していらっしゃったのが、恨めしかった」などと、泣いたり笑ったりしながらお話しになります。それにつけてもお二人は御姉妹なので、他人を相手にするのとは違った、親しさが感じられてあわれ深いのでした。

こえたまふ。匂宮「隠《かく》したまひしがつらかりし」など、泣《な》きみ笑《わら》ひみ聞《き》こえたまふにも、他人《ことひと》よりは睦《むつ》ましくあはれなり。

いと夢《ゆめ》のやうにのみ、なほ、いかでいとにはかなりけることにかはとのみいぶせければ、例《れい》の人々《ひとびと》召《め》して、右近《うこん》を迎《むか》へに遣《つかわ》はす。

母君《ははぎみ》も、さらにこの水《みず》の音《おと》けはひを聞《き》くに、我《われ》もまろび入《い》りぬべく、悲《かな》し

匂宮は、まだ今度のことは夢のようなお気持で、それにしても、まだ、どうして、あんなに急に死んでしまったのかと、そのことばかりが気がかりなので、例の時方たちをお呼びになり、右近を迎えに宇治へおやりになりました。

宇治の山荘では、母君も、今更ながらこの宇治川の激しい水音を聞いていると、自分も川に飛び込みたいほど悲しく、宇治にいては限りもなく気持がふさぎこんでしまいますので、たまらなくわびしくなって、京へお帰りになりました。

残された女房たちは、念仏をあげてくれる僧たちだけを頼りにして、ほん

く心憂《こころう》きことのどまるべくもあらねば、いとわびしう《しゅう》て帰《かえ》りたまひにけり。念仏《ねんぶつ》の僧《そう》どもを頼《たの》もしき者《もの》にて、いとかすかなるに、入《い》り来《き》たれば、ことごとしくにはか《わ》に立《た》ちめぐりし宿直《とのい》人《びと》ども見咎《みとが》めず。時方「わざと御車《みくるま》など思《おぼ》しめぐらして、奉《たてまつ》れたまへ《え》るを、むなしくてはいといとほしう《おしゅう》なむ。いま一《ひと》ところにても参《まい》りたまへ《え》」と言《い》へ《え》ば、侍従《じじゅう》の君《きみ》

とうにしめやかにひっそりと暮していることころへ、匂宮のお使いが入ってきました。この前には、突如《とつじょ》として仰々しく山荘を取り囲み、きびしく警備していた夜警の人々も、今は人の出入りを咎《とが》めようともしません。

「わざわざお迎えのお車など、匂宮が御配慮なさいましておさし向けになりましたのに、お心遣いが無駄になりましては、まことに申しわけないことになります。せめてもうお一方でもどうか御一緒に行って下さい」と時方が言いますと、右近は侍従の君を呼び寄せまして、「それでは、あなたがお伺いしなさい」と言います。

黒の喪服などを着て、身だしなみを

呼《よ》び出《い》でて、右近「さば、参《まい》りたまへ《え》」と言《い》へ《え》ば

黒《くろ》き衣《きぬ》ども着《き》て、ひきつくろひたる容貌《かたち》もいときよげなり。裳《も》は、ただ今《いま》我《われ》より上《かみ》なる人《ひと》なきにうちたゆみて、色《いろ》も変《か》へ《え》ざりければ、薄色《うすいろ》なるを持《も》たせて参《まい》る。

おはせ《わ》ましかば、この道《みち》にぞ忍《しの》びて出《い》でたまはましは《わ》、人知《ひとし》れず心寄《こころよ》せきこえしものを、など思《おも》ふ《う》にもあはれな《わ》

整えた侍従の様子は、たいそうこざっぱりしています。目上の人の前に出るときに着ける裳《も》は、もうその方の亡くなった今では必要がないと、うっかりして、喪中用の鈍色《にびいろ》のを染めていなかったものですから、薄紫のを、供人に持たせて行きます。

「もし姫君が生きていらっしゃったら、この道を人目を忍びこっそり京へお出でになられただろう。このわたしだって、ひそかに匂宮のほうにお味方していたのに」などと思うにつけても、しみじみ悲しさが身に沁《し》みるのでした。こうして京への道中の間、侍従は泣いてばかりいました。

匂宮は侍従が来たとお聞きになるに

り。道《みち》すがら泣《な》く泣《な》くなむ来《き》ける。
宮《みや》は、この人参《ひとまい》れりと聞《き》こしめすもあは《わ》れなり。女君《おんなぎみ》には、あまりうたてあれば、聞《き》こえたまは《わ》ず。寝殿《しんでん》におは《わ》しまして、渡殿《わたどの》におろさせたまへ《え》り。ありけんさまなど、くは《わ》しう《しゅう》問《と》は《わ》せたまふ《う》に
大将殿《だいしょうどの》も、なほ《お》、いとおぼつかなきに、思《おぼ》しあまりておは《わ》したり。
右《う》近《こん》召《め》し出《い》でて、薫「ありけんさま

つけ、悲しみがこみあげるのでした。

中の君にはどうしても遠慮がありますので、侍従を呼び寄せたことをお話しなさいません。御自分は寝殿にお出ましになり、侍従の車を渡り廊下に着けさせます。浮舟の君のその折の有り様などを、くわしくお聞きになります。

薫の大将もやはり、浮舟の君の死が気がかりなので、思いあまって宇治にお出かけになりました。

右近をお呼びになって、「わたしはあの人の死んだ時の前後の様子も、まだしっかりとは聞いていない。時がたっても未《いま》だにあきらめきれず、あんまり情けなくあっけない気がする。もうすぐ忌み明けになるから、それまで待

もはかばかしう《しゅう》聞《き》かず、なほ《お》、尽《つ》きせずあさましう《しゅう》はかなければ、忌《いみ》の残《のこ》りも少《すく》なくなりぬ、過《す》ぐしてと思《おも》ひ《い》つれど、しづめあへ《え》ずものしつるなり。いかなる心地《ここち》にてか、はかなくなりたまひ《い》にし」と問《と》ひ《い》たまふ《う》に、かねてと言《い》は《わ》むかく言《い》は《わ》むとま《も》うけし言葉《ことば》をも忘《わす》れ、わづらは《わ》しう《しゅう》おぼえければ、ありしさまのことどもを聞《き》こえつ。

あさましう《しゅう》、思《おぼ》しかけぬ筋《すじ》なるに、

って訪ねようと思ったけれど、真相を知りたい気持をなだめることが出来なくて、来てしまった。あの人は、いったいどんな状態で亡くなられたのか」と、お訊きになります。

右近は、「さし向かいでお話しすれば、前々からああも言おう、こうも言おうと、考えておいた言葉もみんな忘れて、困ってしまう」と、思いあぐねましたので、あの時の事情のすべてを、お話ししてしまいました。

あまりに思いがけないあきれはてた出来事に、薫の君は、しばらくお口もきけません。

薫の君は、四十九日の法事などをおさせになりましても、ほんとうはどう

ものもとばかりのたまは《わ》ず。四十九《しじゅうく》日《にち》のわざなどせさせたまふ《う》にも、いかなりけんことにかはと思《おぼ》せば、とてもかくても罪得《つみう》まじきことなれば、いと忍《しの》びて、かの律師《りし》の寺《てら》にてなんせさせたまひ《い》ける。六十僧《ろくじゅうそう》の布施《ふせ》など、おほ《お》きに掟《おき》てられたり。母君《ははぎみ》も来《き》ゐ《い》て、事《こと》ども添《そ》へ《え》たり。

二人《ふたり》の人《ひと》の御心《みこころ》の中《うち》、古《ふ》りず悲《かな》しく、あやにくなりし御思《おんおもい》ひの盛《さか》りにか

なっているのだろう、もしかしたら生きているのではないか、とお思いになります。生きていても、死んでいても、法事をするのは罪つくりにはならないはずだからと思われて、ごく内々に、例の山の律師《りっし》の寺でおさせになります。席に列《つら》なる六十人の僧の布施《ふせ》なども、大がかりにお命じになりました。母君も参列しまして、御供養の品々を加えました。

匂宮と薫の君のお心のうちは、いつまでも悲しみが薄らぎません。匂宮はどうしようもないほど恋の炎が燃えさかっていたさ中に、突然、相手に死なれてしまったので、実に堪えがたくお辛くていらっしゃるけれど、

き絶《た》えては、いといみじけれど、あだなる御心《みこころ》は、慰《なぐさ》むやなど試《こころ》みたまふこ《う》とも、やうやう《よよ》ありけり。かの殿《との》は、かくとりもちて何《なに》やかやと思《おぼ》して、残《のこ》りの人《ひと》をはぐくませたまひて《い》も、なほ《お》言《い》ふかひ《うい》なきことを忘《わす》れがたく思《おぼ》す。

蓮《はちす》の花《はな》の盛《さか》りに、御八講《みはこう》せらる。六条院《ろくじょうのいん》の御《おん》ため、紫《むらさき》の上《うえ》などみな思《おぼ》し分《わ》けつつ、御経《おんきょう》、仏《ほとけ》など供養《くよう》ぜさせたまひて《い》、いかめしく尊《とうと》くなんあり

もともと浮気な御性分なので、この悲しみがまぎれるかもしれないと、次第にほかの女との情事を試されることも、多くなるのでした。

一方、薫の君のほうは、法事もこんなふうにお世話なさり、何やかやと御配慮になって、遺族たちの面倒まで見ておやりになりながら、いくら嘆いても仕方のない人のことを、やはりお忘れになれないお気持でいらっしゃいます。

蓮《はちす》の花の盛りの頃に、明石《あかし》の中宮《ちゅうぐう》が法華八講《ほっけはっこう》をお催しになりました。亡き六条の院源氏の君の御ためにと、紫《むらさき》の上《うえ》の御ためにと、それぞれ日をお分けになって、御経や仏の御供養をなさ

ける。

五日《いつか》といふ朝座《あさざ》にはてて、御堂《みどう》の飾《かざ》り取《と》りさけ、御《おん》しつらひ改《あらた》むるに、北《きた》の廂《ひさし》も障子《そうじ》ども放《はな》ちたりしかば、みな入《い》り立《た》ちてつくろふほど、西《にし》の渡殿《わたどの》に姫宮《ひめみや》おはしましけり。

ここにやあらむ、人《ひと》の衣《きぬ》の音《おと》すと思《おぼ》して、馬道《めどう》の方《かた》の障子《そうじ》の細《ほそ》く開《あ》きたるより、やをら見《み》たまへば、例《れい》、さやう《よ》の人《ひと》のゐ《い》たるけはひ《い》には似《に》ず、はればいまして、実に荘厳《そうごん》で尊い法要でございました。

五日めの朝座《あさざ》で法会《ほうえ》は終って、寝殿《しんでん》を御堂《みどう》にしていましたので、その飾りつけを取りのけ、もとのお部屋に模様替えをなさいます。寝殿の北廂《きたびさし》も襖《ふすま》を取り払ってあったのを、人々がはいり込んで片づけています。その間、女一の宮は西の渡り廊下にいらっしゃいました。

「衣《きぬ》ずれの音がするのをみると、小宰相《こさいしょう》はここにいるのだろうか」と薫の君はお思いになって、馬道《めどう》のほうの襖が細く開いているところから、そっと覗《のぞ》いてごらんになると、いつもの、女房たちがいるような時の様子とは違っ

れしくしつらひたれば、なかなか、几《き》帳《ちょう》どもの立《た》てちがへたるあはひより見《み》通《とお》されて、あらはなり。

氷《ひ》を物《もの》の蓋《ふた》に置《お》きて割《わ》るとて、もて騒《さわ》ぐ人々《ひとびと》、大人三人《おとなみたり》ばかり、童《わらわ》ゐ《い》たり。唐衣《からぎぬ》も汗衫《かざみ》も着《き》ず、みなうちとけたれば、御前《おまえ》とは見《み》たまはぬに、白《しろ》き薄物《うすもの》の御衣《おんぞ》着《き》たまへる人《ひと》の、手《て》に氷《ひ》を持《も》ちながら、かくあらそふをすこし笑《え》みたまへる御顔《おんかお》、言《い》はむ方《かた》なくうつく

て、さっぱりと明るく片づけてあるため、かえって、几帳《きちょう》などの立て違えてある間から、奥まですっかり見通せます。

氷を何かの蓋《ふた》にのせて割ろうとして騒いでいるのは、女房が三人ばかりと女童《めのわらわ》です。唐衣《からぎぬ》も汗衫《かざみ》もつけないで、皆くつろいだ様子をしているので、まさかそこが女一の宮のお前とは思いもよらなかったところが、白い薄物《うすもの》のお召物を着ておいでになる姫宮が、手に氷をお持ちになったまま、こうして女房たちが騒いでいるのを御覧になって、少しほほ笑んでいらっしゃいます。そのお顔が言いようもなくお美しいのです。

しげなり。

いと暑《あつ》さのたへ《え》がたき日《ひ》なれば、こちたき御髪《みぐし》の、苦《くるし》しう思《おぼ》さるるにやあらむ、すこしこなたになびかして引《ひ》かれたるほど、たとへ《え》んものなし。ここらよき人《ひと》を見集《みあつ》むれど、似《に》るべくもあらざりけりとおぼゆ。御前《おまえ》なる人《ひと》は、まことに土《つち》などの心地《ここち》ぞするを、思《おもい》ひしづめて見《み》れば、黄《き》なる生絹《すずし》の単衣《ひとえ》、薄色《うすいろ》なる裳《も》着《き》たる人《ひと》の、扇《おうぎ》うち使《つかい》ひた

今日は暑さがたまらない日なので、多すぎるほど豊かなお髪《ぐし》をうっとうしくお思いになるのか、少しこちらのほうに靡《なび》かせて斜めに引いていらっしゃるお美しさは、たとえようもありません。

薫の君はこれまで美しい女君をたくさん御覧になっていらっしゃいますけれど、このお方に比べられるような人はなかったとお思いになります。お側の女房たちは、まるで土くれか何かのような気がしますけれど、心を落ち着けてよくよく御覧になりますと、黄色の生絹《すずし》の単衣《ひとえ》に、薄紫の裳《も》をつけた女房が、扇を使っている様子など、いかにも深い嗜《たしな》みがありそうに、ふと見え

るなど、用意《ようい》あらむはや、とふと見《み》えて、小宰相の君「なかなかものあつかひに、いと苦《くる》しげなり。ただささながら見《み》たまへ《え》かし」とて、笑《わら》ひたるまみ愛敬《あいぎょう》づきたり。声《こえ》聞《き》くにぞ、この心《こころ》ざしの人《ひと》とは知《し》りぬる。

心《こころ》づよく割《わ》りて、手《て》ごとに持《も》たり。頭《かしら》にうち置《お》き、胸《むね》にさし当《あ》てなど、さまあしうす《しゅう》する人《ひと》もあるべし。こと人《ひと》は紙《かみ》に包《つつ》みて、御前《おまえ》にもかくてまゐ《い》らせ

ます。

「氷は割るのが大変で、かえってほんとうに暑苦しく見えます。割らない氷をそのまま御覧あそばせ」と言って、笑っている目もとに愛嬌《あいきょう》があります。その声に、あ、心にかけている小宰相だなとおわかりになりました。

女房たちはあきらめず難儀《なんぎ》して割った氷を、それぞれ手に持っています。中には頭にのせたり、胸に押し当ててみたり、みっともないまねをする者もいるようです。またある女房は氷を紙に包んで、女一の宮にもそれをさし上げます。姫宮はほんとうに美しいお手をおさしのべになって、女房たちにお拭《ふ》かせになります。

たれど、いとうつくしき御手《おんて》をさしやりたまひ《い》て、拭《のごわ》はせたまふ《う》。女一の宮「いな、持《も》たらじ。雫《しずく》むつかし」とのたまふ《う》、御声《おんこえ》いとほのかに聞《き》くも、限《かぎ》りなくうれし。

　まだいと小《ちい》さくおは《わ》しまししほどに、我《われ》も、ものの心《こころ》も知《し》らで見《み》たてまつりし時《とき》、めでたの児《ちご》の御《おん》さまやと見《み》たてまつりし、その後《のち》、たえてこの御《おん》けはひ《い》をだに聞《き》かざりつるものを、

「氷は持ちたくないわ。雫《しずく》が落ちるのがいやだから」とおっしゃるお声が、たいそうほのかに聞こえるのも、薫の君には限りなく嬉《うれ》しく思われます。

　まだ姫宮がたいそうお小さい頃、自分もまだ物心もつかなくてお目にかかって、何というお美しいお子だろう、と思ったけれど、その後、この姫宮の御様子さえ、全くお噂にもお聞きしなかったのに、どのような神仏がこんな機会を与えて下さったのだろうか、また例の、苦しい恋の物思いをさせようというのだろうかと、嬉しさの一方では、切なく胸をときめかせて、姫宮を見つめながら佇《たたず》んでいました。

　その翌朝、御一緒に寝《やす》んでいらっし

いかなる神仏《かみほとけ》のかかるをり見《み》せたまへ《え》るならむ、例《れい》の、安《やす》からずもの思《おもわ》はせむとするにやあらむ、とかつは静心《しずごころ》なくてまもり立《た》ちたるほどに

つとめて、起《お》きたまへ《え》る女宮《おんなみや》の御《おん》容貌《かたち》いとをかしげなめるは、これよりかならずまさるべきことかは、と見《み》えながら、さらに似《に》たまはず《わ》こそありけれ、あさましきまであてにかをり、えも言《い》は《わ》ざりし御《おん》さまかな、かたへ《え》は思《おも》

やった女二の宮のお目覚めになったお顔が、ほんとうにお美しくていらっしゃるので、薫の君は、この方より、あちらの姉宮のほうが、必ずお綺麗《きれい》だと決まっているわけでもないのに、とはお思いになるのですが、「それでもやはり少しも似てはいらっしゃらない。あのお方は驚くばかり気高く、ほのぼのと匂やかなお美しさで、言葉につくせないほどの御容姿だった。一つには自分の気のせいだったのか、また、あんな時と場所柄のせいだったからだろうか」とお思いになって、

「今日は何という暑さだろう。今、着ているのよりもっと薄いお召物にお着替えなさい。女は、たまには、いつも

ひ《い》なしか、をりからか、と思《おぼ》して、
薫「いと暑《あつ》しや。これより薄《うす》き御衣《おんぞ》奉《たてまつ》れ。女《おんな》は、例《れい》ならぬもの着《き》たるこそ、時々《ときどき》につけてをかしけれ」とて、
薫「あなたに参《まい》りて、大弐《だいに》に、薄物《うすもの》の単衣《ひとえ》の御衣《おんぞ》縫《ぬ》ひ《い》てまゐ《い》れと言《い》へ《え》」とのたまふ《う》。御前《おまえ》なる人《ひと》は、この御容貌《おんかたち》のいみじき盛《さか》りにおは《わ》しますを、もてはやしきこえたまふ《う》とをかしう《しゅう》思《おも》へ《え》り。
例《れい》の、念誦《ねんず》したまふ《う》わが御方《おんかた》におは《わ》

と変わったものを着ているのが、その時々によって魅力があるのですよ」とおっしゃって、「あちらへ行って、大《だい》弐《に》に薄物の単衣を仕立ててくるよう言いなさい」とお命じになります。

お側の女房たちは、女二の宮の御器量が今を盛りのお美しさなのを、薫の君がお喜びになって、もっと美しく引き立てて見せようとなさるのだと、興味を持っています。

薫の君はそのあと、いつものように御念誦《ねんず》をなさるため、御自分のお部屋にお入りになりました。昼頃になって、また女二の宮のお部屋にお越しになりますと、さっきお言いつけになった薄物のお召物が、御几帳にうち掛け

しましなどして、昼《ひる》つ方渡《かたわた》りたまへ《え》れば、のたまひ《い》つる御衣《おんぞ》、御《み》几帳《きちよう》にうち懸《か》けたり。

薫「何《な》ぞ、こは 奉《たてまつ》らぬ。人多《ひとおお》く見《み》る時《とき》なむ、透《す》きたるもの着《き》るはばう《ぼ》ぞくにおぼゆる。ただ今《いま》はあへ《え》はべりなん」とて、手《て》づから着《き》せたてまつりたまふ《う》。御袴《おんはかま》も昨日《きのう》の同《おな》じ 紅《くれない》なり。御《み》髪《ぐし》の多《おお》さ、裾《すそ》などは劣《おと》りたまは《わ》ねど、なほ《お》さまざまなるにや、似《に》るべくもあ

てありました。

「なぜこれをお召しにならないのですか。誰か人が大勢見ている時は、こんな肌の透けるものを着ているのは、無作法に見えます。でも、今ならかまわないでしょう」とおっしゃって、御自分がそのお召物をとって、わざわざ着せておあげになります。お袴《はかま》も、昨日女一の宮の召していたのと同じ紅《くれない》です。お髪《ぐし》の豊かさや、それが裾《すそ》に広がった美しさなどは、姉宮に劣っているとはお見えになりません。けれども、やはり、人それぞれなのでしょうか、姉宮には少しも似ていらっしゃらないのでした。

薫の君は氷を取り寄せて、女房たち

らず。氷《ひ》召《め》して、人々《ひとびと》に割《わ》らせたまふ《う》。取《と》りて一《ひと》つ奉《たてまつ》りなどしたまふ《う》心《こころ》の中《うち》もをかし。

薫「一品《いっぽん》の宮《みや》に、御文《おんふみ》は奉《たてまつ》りたまふ《う》や」と聞《き》こえたまへ《え》ば、女二の宮「内裏《うち》にありし時《とき》、上《うえ》の、さのたまひ《い》しかば聞《き》こえしかど、久しう《ひさしゅう》さもあらず」とのたまふ《う》。薫「ただ人《ひと》にならせたまひ《い》にたりとて、かれよりも聞《き》こえさせたまは《わ》ぬにこそは、心憂《こころう》かなれ。いま、

に割らせます。その一つを取って、女宮にお持たせになったりなさりながら、心のうちでひそかにおかしくお思いです。

「女一の宮にお便りはさし上げていらっしゃいますか」と、女二の宮にお聞きになりますと、「まだ宮中に住んでいた頃は、帝がそう仰せられましたので、お手紙もさし上げましたが、今ではもう長い間さし上げておりません」とおっしゃいます。

「臣下のわたしに御降嫁《ごこうか》になられたからといって、あちらからもお便り下さらないというのは、あんまりで、わたしも情けなく思います。早速、中宮にあなたが恨んでいらっしゃると申し上

大宮《おおみや》の御前《おまえ》にて、恨《うら》みきこえさせたまふと啓《けい》せん」とのたまふ《う》。女二の宮「いかが恨《うら》みきこえん。うたて」とのたまへ《え》ば、薫「下衆《げす》になりにたりとて、思《おぼ》しおとすなめりと見《み》れば、おどろかしきこえぬとこそは聞《き》こえめ」とのたまふ《う》。

その日《ひ》は暮《く》らして、またの朝《あした》に大宮《おおみや》に参《まい》りたまふ《う》。例《れい》の、宮《みや》もおはし《わ》けり。丁子《ちょうじ》に深《ふか》く染《そ》めたる薄物《うすもの》の単衣《ひとえ》を

げましょう」とおっしゃいます。

女二の宮は、「どうしてお恨みなんかするでしょう。厭《いや》ですわ」とお答えになりますので、薫の君はまた、「あちらは身分が下ってしまったと、あなたを見下げていらっしゃるように思われるので、こちらからもお便りをさし上げないのですと、申し上げましょう」とおっしゃいます。

その日は一日中女宮のお側でお過しになり、翌朝、薫の君は明石の中宮のところに参上しました。例によって、匂宮もお出でになっていらっしゃいました。丁子色《ちょうじいろ》に濃く染めた薄物の単衣を、濃い縹色《はなだいろ》の直衣《のうし》の下にお召しになっていらっしゃるのが、いかにもしゃ

こまやかなる直衣《のうし》に着《き》たまへ《え》る、いとこのましげなり。女《おんな》の御身《おんみ》なりのめでたかりしにも劣《おと》らず、白《しろ》くきよらにて、なほあり《お》しよりは面痩《おもや》せたまへ《え》る、いと見《み》るかひ《い》あり。おぼえたまへ《え》りと見《み》るにも、まづ恋《こい》しきを、いとあるまじきこととしづむるぞ、ただなりしよりは苦《くる》しき。

絵《え》をいと多《おお》く持《も》たせて参《まい》りたまへ《え》りける、女房《にようぼう》してあなたにまゐ《い》らせたま

れた感じです。

女一の宮のお姿のお美しかったのにも劣らず、弟君の匂宮も色がすっきりと白く気高くお綺麗で、前よりは面《おも》やつれしていられるのが、むしろなおさらお美しく見えます。そのお顔が女一の宮と実によく似ていらっしゃると思うにつけても、まずいっそう女一の宮への恋しさがつのるのを、許されないことだと、無理に静めようとするのも、これまでにない苦しさでした。

匂宮は絵を実にたくさん供人に持たせて来られて、女房にそれを女一の宮のほうへ持ってゆかせ、御自分もそちらへ行かれました。

薫の君も、中宮のお側近くに進まれ

ひ《い》て、我《われ》も渡《わた》らせたまひ《い》ぬ。

大将《だいしよう》も近《ちか》く参《まい》りよりたまひ《い》て、御八《みは》講《こう》の尊《とうと》くはべりしこと、いにしへ《え》の御《おん》事《こと》、すこし聞《き》こえつつ、残《のこ》りたる絵《え》見《み》たまふ《う》ついでに、

薫「この里《さと》にものしたまふ《う》皇女《みこ》の、雲《くも》の上《うえ》離《はな》れて思《おも》ひ《い》屈《く》したまへ《え》るこそ、いとほ《お》しう《しゆう》見《み》たまふ《う》れ。姫宮《ひめみや》の御方《おんかた》より御消息《おんしようそこ》もはべらぬを、かく品定《しなさだ》まりたまへ《え》るに思《おぼ》し捨《す》てさせたまへ《え》るや《よ》うに

て、この間の法華八講の尊く有り難かったことや、お亡くなりになられた方々の思い出などを、少しお話し申し上げては、残された絵を拝見しているついでに、

「わたくしのところにおいでになります女宮が、宮中から御降嫁になられて、ふさぎこんでばかりいらっしゃるのがおいたわしくてなりません。女一の宮からお手紙もいただけませんのを、わたくしのような臣下に御降嫁されたので、見下げてお捨てになったのかと悔やんで、うち沈んでいる御様子です。どうかこんな絵なども、時々お見せになって下さい。わたくしが頂戴して持って帰りましたのでは、また御

思《おもい》ひて、心《こころ》ゆかぬ気色《けしき》のみはべるを、かやう《よ》のもの、時々《ときどき》ものせさせたまは《わ》なむ。なにがしがおろして持《も》てまからん、はた、見《み》るかひ《い》もはべらじかし」と聞《き》こえたまへ《え》ば、

中宮「あやしく。などてか捨《す》てきこえたまは《わ》む。内裏《うち》にては、近《ちか》かりしにつけて、時々《ときどき》聞《き》こえ通《かよ》ひたまふ《う》めりしを、所《ところ》どころになりたまひ《い》しをりに、とだえそめたまへ《え》るにこそあらめ。い

覧になる張り合いもないかと思われますので」と申し上げます。

中宮は、「まあ、どうして女一の宮がお見捨てなどなさるものですか。宮中においでになった頃は、御殿がお近かったので、お手紙も時々やりとりしていられたようですが、離れ離れになられてからは、ついお便りも跡絶《とだ》えるようになったのでしょう。早速、お便りをするようにお勧めしてみましょう。それより、そちらからも、どうして御遠慮なさることがあるでしょう」と仰せになります。

中宮は薫の君に色めいた下心があってのこととは、まさか、お気づきにもならないのでした。

ま、そのかしきこえん。それよりもなどかは」と聞《き》こえたまふ《う》。すきばみたる気色《けしき》あるかとは、思《おぼ》しかけざりけり。

その後《のち》、姫宮《ひめみや》の御方《おんかた》より、二《に》の宮《みや》に御消息《おんしょうそこ》ありけり。御手《おんて》などのいみじう《じゅう》うつくしげなるを見《み》るにもいとうれしく、かくてこそ、とく見《み》るべかりけれと思《おぼ》す。

この春《はるう》亡せたまひぬる式部卿宮《しきぶきょうのみや》の御《おん》

その後女一の宮のほうから、女二の宮にお手紙が届けられました。御筆跡などが、すばらしくお綺麗なのを見ましても、薫の君は実に嬉しくて、このように文通して、もっと早くから女一の宮のお手紙を拝見すればよかったとお思いになります。

この春お亡くなりになりました式部卿の宮の姫君に対して、継母の北の方は格別お嫌いになって、あまり親身になってお世話もなさいません。継母の兄の、馬《うま》の頭《かみ》で人柄もどうということもない男が、姫君に懸想《けそう》したのを、姫君の婿《むこ》としては気の毒とも思わず、縁づけるように取り決めてしまったという話を、明石の中宮があるところから

むすめを、継母《ままはは》の北《きた》の方《かた》ことにあひ思《おも》はで、兄《しょうと》の馬頭《むまのかみ》にて人柄《ひとがら》もことなることなき心《こころ》かけたるを、いとほしう《おしゅう》など思《おもい》ひたらで、さるべきさまになん契《ちぎ》ると聞《き》こしめすたよりありて、中宮「いとほしう《おしゅう》。父宮《ちちみや》のいみじくかしづきたまひける女君《おんなぎみ》を、いたづらなるやうにもてなさんこと」などのたまはせければ、いと心細《こころぼそ》くのみ思《おもい》ひ嘆《なげ》きたまふありさまにて、「なつかしう《しゅう》、

お耳になさいました。「お可哀そうに。父宮がたいそう大切にお育てになっていた姫君を、そんなつまらないもののように扱われるとは」などと仰せになります。姫君も心細いので悲しがってばかりいらっしゃるところでしたので、兄君の侍従までが、「中宮がおやさしく、これほどお心にかけて下さるのだから、こちらにお仕えしては」と言いますので、最近、中宮は姫君を御自分のところにお引き取らせになりました。

女一の宮のお相手として、ほんとうにこの上なくふさわしいお方なので、ほかの女房たちとは違う高貴のお方として、特別に扱われていらっしゃいま

かく尋《たず》ねのたまは《わ》するを」など御兄《おんしようと》の侍従《じじゆう》も言《い》ひ《い》て、このごろ迎《むか》へ《え》とらせたまひ《い》てけり。

姫宮《ひめみや》の御具《おんぐ》にて、いとこよなからぬ御《おん》ほどの人《ひと》なれば、やむごとなく心《こころ》ことにてさぶらひ《い》たまふ《う》。限《かぎ》りあれば、宮《みや》の君《きみ》などうち言《い》ひ《い》て、裳《も》ばかりひき懸《か》けたまふ《う》ぞ、いとあは《わ》れなりける。

兵部卿宮《ひようぶきようのみや》、この君《きみ》ばかりや、恋《こい》しき人《ひと》に思《おも》ひ《い》よそへ《え》つべきさましたら

す。それでもやはり宮仕えをしていらっしゃるお立場なのですから、宮の君などと呼ばれ、女房として唐衣は着ないで、裳ぐらいはつけてお仕えしていらっしゃるのが、ほんとうにおいたわしいことでした。

　匂宮は、「この宮の君ぐらいなら、恋しい浮舟の君に似た御容姿をしていらっしゃるのではないだろうか、父君の式部卿の宮と、浮舟の君の父君八の宮は御兄弟なのだから」などと、例の色好みの御性分から、亡き人を恋しく思われるにつけても、女好きの多情なお癖はやまず、早く宮の君に会いたいと想いをかけていらっしゃるのでした。

む、父親王《ちちみこ》は兄弟《はらから》ぞかしなど、例《れい》の御《み》心《こころ》は、人《ひと》を恋《こ》ひたまふにつけても、人《ひと》ゆかしき御癖《おんくせ》やまで、いつしかと御心《みこころ》かけたまひてけり《い》。

大将《だいしょう》、もどかしきまでもあるわざかな、昨日今日《きのうきょう》といふばかり《う》、春宮《とうぐう》にやなど思《おぼ》し、我《われ》にも気色《けしき》ばませたまひき《い》かし、かくはかなき世《よ》の衰《おとろえ》へを見《み》るには、水《みず》の底《そこ》に身《み》を沈《しず》めても、もどかしからぬわざにこそ、など思《おもい》ひつつ、人《ひと》

薫の君は、「あの姫君が宮仕えなど、どうも困ったみっともないことをなさったものだ。ついこの間まで、亡き父宮はこの姫君を東宮妃《とうぐうひ》にとお考えになり、自分にも結婚してはとほのめかされたこともあったものだ。それなのに、無常にもこんなに落ちぶれられた御様子を見るくらいなら、それこそあの女のように水の底に身を沈めてしまっても、あれこれ非難されることもないのだ」などと思いながら、ほかの女よりは宮の君に好意を寄せていらっしゃいます。

宮の君は、女一の宮のおいでになるこの西の対に、お部屋をお持ちになっていらっしゃいます。そちらでも若い

よりは心寄《こころよ》せきこえたまへ《え》り。

宮《みや》の君《きみ》は、この西《にし》の対《たい》にぞ御方《おんかた》したりける。若《わか》き人々《ひとびと》のけはひ《い》あまたして、月《つき》めであへ《え》り。いで、あは《わ》れ、これもまた同《おな》じ人《ひと》ぞかし、と思《おも》ひ《い》出《い》できこえて、親王《みこ》の、昔《むかし》心寄《こころよ》せたまひ《い》しものをと言《い》ひ《い》なして、そなたへおは《わ》しぬ。

薫「もとより思《おぼ》し捨《す》つまじき筋《すじ》よりも、今《いま》は、ましてさるべきことにつ

女房たちが大勢集まっている気配がして、皆で月見を楽しんでいます。

「何とお可哀そうに、この方もまた、女一の宮と同じお血筋なのに」と、薫の君は昔を思い出されて、「父君の式部卿の宮が、昔、わたしを婿にしようとお考えになったこともあったのに」と、そのことを自分の口実にして、宮の君のほうへいらっしゃいました。

「もともと姫君とわたしは従兄弟《いとこ》どうしで、お見捨てになれない血縁なのですから、これからは、以前にもまして、必要な時には何かにつけて、わたしを頼りにして下さったら、どんなにか嬉しいでしょう。他人行儀に取り次ぎを通すようなお取り扱いでは、もう

けても、思《おも》ほし尋《たず》ねんなんうれしかるべき。うとうとしう《しゅう》、人《ひと》づてなどにてもてなさせたまはば《わ》、えこそ」とのたまふ《う》に、げにと思《おも》ひ《い》騒《さわ》ぎて、君《きみ》をひき揺《ゆる》がすめれば、宮の君「松《まつ》も昔《むかし》の、とのみながめらるるにも、もとよりなどのたまふ《う》筋《すじ》は、まめやかに頼《たの》もしう《しゅう》こそは」と、人《ひと》づてともなく言《い》ひ《い》なしたまへ《え》る声《こえ》、いと若《わか》やかに愛敬《あいぎょう》づき、やさしきところ添《そ》ひ《い》たり。

お伺いもしかねます」とおっしゃいますと、ほんとうにそうだと、女房はあわてて、宮の君にお返事なさるようにうながしている気配です。

「知る人もなくて、〈松も昔の友ならなくに〉の歌のように、友はいないとばかり思って淋しく暮していますのに、もともと血縁であったなどおっしゃって下さいますと、ほんとうに頼もしく思われまして」と、取り次ぎにではなく、直接おっしゃる宮の君のお声が、たいそう若々しく、可愛らしく、やさしさも感じさせます。

宮の君をただ普通のこうした宮仕えの女房と思えば、この応対もおもしろく思われるのでしょうが、宮家の姫君

ただ、なべてのかかる住《す》み処《か》の人《ひと》と思《おも》はば、いとをかしかるべきを、ただ今《いま》は、いかで、かばかりも、人《ひと》に声聞《こえき》かすべきものとならひたまひけんとなまうしろめたし。

容貌《かたち》もいとなまめかしからむかしと、見《み》まほしきけはひのしたるを、この人《ひと》ぞ、また、例《れい》の、かの御心乱《みこころみだ》るべきつまなめると、をかしうも、ありがたの世《よ》やとも思《おも》ひゐ《い》たまへ《え》り。

ともあろうお方が、今ではこんなふうに軽々しく、直接人に声を聞かせるようになってしまわれたのかと、薫の君は何となく、この先が気がかりになります。

「姫君は御器量もさぞかし美しいのだろう」と、見たい気にもなる相手の気配ですが、この人もまた例によって、匂宮の浮気心をかきたてる相手になりそうだなと興味もあり、これはと思う女はなかなかいないものだとお思いになり坐《すわ》っていらっしゃいます。

これこそは、限《かぎ》りなき人《ひと》のかしづき生《お》ほ《お》したてたまへ《え》る姫君《ひめぎみ》、また、かばかりぞ多《おお》くはあるべき、あやしかりけることは、さる聖《ひじり》の御《おん》あたりに、山《やま》のふところより出《い》で来《き》たる人々《ひとびと》の、かたほなるはなかりけるこそ、この、はかなしや軽々《かろがろ》しや、など思《おも》ひなす人《ひと》も、かやう《よ》のうち見《み》る氣色《けしき》は、いみじう《じゅう》こそをかしかりしか、と何《なに》ごとにつけても、ただかの一《ひと》つゆかりをぞ思《おも》ひ出《い》で

「この方こそは、高貴な父宮が掌中《しょうちゅう》の珠《たま》として大切にお育てになった姫君でいらっしゃる。しかしこれぐらいの人なら、まだ世間にはたくさんいることだろう。不思議なのは、あの聖《ひじり》のような八の宮のお側で、宇治の山懐《やまふところ》にお育ちになった御姉妹が、揃《そろ》いも揃って何一つ欠点もなく優れていらっしゃったことだ。あまりにもはかない、また軽々しい死に方をしたと思われるあの人なども、この姫君のように、ちょっと見た様子は、たとえようもなく風情があった」などと、何かにつけては、ただあの八の宮の御一族のことをお思い出しになるのでした。

不思議なほど、いつも情けない結末

たまひ《い》ける。

あやしう《しゅう》つらかりける契《ちぎ》りどもを、つくづくと思ひ《おもい》つづけながめたまふ《う》夕《ゆう》暮《ぐれ》、蜻蛉《かげろう》のものはかなげに飛《と》びちがふ《う》を、

ありと見《み》て手《て》にはとられず見《み》ればまた
ゆくへ《え》もしらず消《き》えしかげろふ《う》

「あるかなきかの」と、例《れい》の、独《ひと》りごちたまふ《う》とかや。

にこじれた恋の一つ一つを、つくづく思いつづけて、しんみりと沈みこんでいらっしゃるたそがれ時、蜻蛉《かげろう》が、いかにもはかなそうに飛び交《か》うのを御覧になって、

ありと見て手にはとられず見ればまた
ゆくへもしらず消えしかげろふ

（そこにあると見えて、手には取られず、たしかに見たと思ったら、たちまち行方も知れず、はかなく消えた蜻蛉よ）

〈あるかなきかに消《け》ぬる世なれば〉と、また例の、ひとりごとをつぶやいていらっしゃいましたとやら。

前の帖「浮舟《うきふね》」と同じ年のことで、薫《かおる》二十七歳、浮舟二十二歳である。冒頭より、いきなり浮舟が失踪《しっそう》している。「かしこには、人々、おはせぬを求め騒げどかひなし」という書き出しは、宇治《うじ》の山荘では女房たちが、浮舟がいなくなったので探して、大騒ぎしているが見つからないということである。乳母《めのと》とかほかの女房は、浮舟と二人の男の三角関係を全く知らないし、浮舟がどんなにその間で悩み苦しんでいたかを知らない。右近《うこん》と侍従《じじゅう》の二人だけは、事情を知っているし、最近の浮舟の悩みもよく理解しているから、もしかしたら宇治川に身投げしたのではないかと思う。

匂宮《におうのみや》は浮舟の異様な手紙を受け取って、心配して使いをやると、浮舟が死んだという。あわてて時方《ときかた》をやり事情をさぐらせる。母も宇治に到着して、事情を右近から聞き、仰天する。たぶん身を投げたのだろうと思うが、身分のある者のすることではないので、世間体を憚《はばか》って、噂《うわさ》のひろがらないその日のうちに、あわただしく葬式をすませてしまう。遺体がないので、車の中に浮舟の遺品の調度類や衣服や夜具をつみ入れ、そのまま焼いてしまう。薫はたまたま母尼宮の病気平癒《へいゆ》の祈禱《きとう》に、石山寺に参籠《さんろう》中でことを知らなかったが報《しら》せを聞き、どうして葬儀をそんなに早く簡略にしたかと咎《とが》める。

匂宮は悲しみのあまり、食事も咽喉《のど》を通らなくなり寝込んでしまう。そんな匂宮のところには、毎日多数の貴族たちが見舞いに訪れる。薫も、大した身分でもない女の喪に服して、見舞いにゆかないのもおかしいと思われるだろうと参上する。匂宮は薫に会うのは気が咎めるが、会わないのもおかしいので会うと、やはり浮舟を思い出して涙がとめどなく流れる。それを見て薫は、こんなに悲しむのは、やはり浮舟を激しく深く愛していたからなのかと思う。そんな匂宮の悲嘆ぶりに感動しながらも、やはり腹が立ってきて、皮肉の一つも言いたくなる。

そののち、匂宮は侍従を家に呼んで、事情をくわしく訊《き》く。侍従は向う岸へゆく時ただ一人お供していった女房で、匂宮に好意をよせている。薫も宇治に行き、右近からいろいろと訊き出す。右近は匂宮を薫と間違えたのは自分の落ち度なので、あくまで二人の間は手紙のやりとりだけだとしらをきる。薫は浮舟を入水《じゆすい》などという激しい行為は出来そうもない、おとなしい女だとばかり思っているので、もしや匂宮が隠しているのではないかと疑うが、匂宮の悲嘆ぶりを見ては、やはり死んだのかと思う。遺骸《いがい》がないのに、あわてて葬儀をしたのでは、浮舟の母がどんなに辛《つら》かっただろうと同情する。

四十九日《しじゅうくにち》までは、七日毎《ごと》の法要も一応型通りにして、母も中《なか》の君《きみ》も匂宮も、こっそり立派なお供えをする。薫は浮舟の母を弔問《ちょうもん》して、今後は故人の兄弟の官途《かんと》の世話をしてやると約束する。

四十九日が過ぎると、あれほど浮舟の死に衝撃を受け悲嘆にくれていた男たちに変化があらわれてくる。匂宮もお側の女房たち相手に気をまぎらわすことも多くなる。

夏、蓮の花の咲く頃、明石《あかし》の中宮《ちゅうぐう》の法華《ほっけ》八講《はっこう》があり、薫も法会《ほうえ》に参会する。その最終日、前から情をかけていた女一の宮に仕える女房の小宰相《こさいしょう》に会いに行き、女房たちのくつろぐ部屋の前に佇《た》ち、中を覗《のぞ》き見する。その中にひときわ気高く美しい女一の宮がいた。薫の北の方、女二の宮の姉に当る。女房たちは氷を割って紙に包み、顔に当てたり、胸を拭《ふ》いたりして涼を取っている。女一の宮が濡《ぬ》れた手を女房に拭かせているのに薫は見惚れて恋慕《れんぼ》する。この人と結婚したかったとつくづく思う。

薫は邸《やしき》に帰ると女二の宮に、女一の宮が着ていた衣裳と同じようなものを着せ、氷を持たせたりして、ひそかに愉《たの》しむ。ここへ来て、一体薫の浮舟への愛とは何だったのかと読者はとまどわずにいられない。薫は中宮に女二の宮が女一の宮から冷たくされ、悲しんでいるなどと作りごとを言って、女一の宮の手紙を強要したりする。この頃、宮の君という亡き式部卿《しきぶきょう》の宮《みや》の娘が、女一の宮の女房になる。その女をまた匂宮と薫が張り合ったりする。薫は中の君への恋慕も忘れない。

「浮舟」の帖に張りつめた緊張感と危機感と哀切《あいせつ》さの後に置かれた「蜻蛉」の帖では、その前半、浮舟の失踪と、それを嘆く二人の男の姿を描いている。ところが後半になると、二人の男はまるで浮舟のことを忘れたように、ほかの女に心を移して、だらしなくうろうろする。ことに薫はこれまで謹厳誠実《きんげんせいじつ》を売り物にしていただけに、突然のように女に次々目移りしていく姿が、異様にさえ感じられる。

# 手習《てならい》

そのころ横川《よかわ》に、なにがし僧都《そうず》とかいひ《い》て、いと尊《とうと》き人住《ひとす》みけり。八十《やそじ》あまりの母《はは》、五十《いそじ》ばかりの妹《いもうと》ありけり。古《ふる》き願《がん》ありて、初瀬《はつせ》に詣《もう》でたりけり。睦《むつ》ましう《しゅう》やむごとなく思ふ《おもう》弟子《でし》の阿闍梨《あざり》を添《そ》へ《え》て、仏《ほとけ》、経供養《きょうくよう》すること行ひ《おこない》けり。

**薫**（二十七〜二十八歳）

その頃、比叡山《ひえいざん》の横川《よかわ》に、某《なにがし》の僧《そう》都《ず》とかいって、たいそう高徳《こうとく》の僧が住んでいました。この僧には、八十歳あまりの母と五十歳ほどの妹がありました。母と妹は、昔から母がかけた古い願《がん》がありましたので、その願ほどきに、初瀬《はつせ》の観音《かんのん》に参詣《さんけい》に行きました。僧都は親しい高徳の弟子の阿闍梨《あじゃり》を供に付けてやり、寺での仏や経の供養《くよう》を営《いとな》ませました。

そのほかにもいろいろな供養をすま

事《こと》ども多《おお》くして帰《かえ》る道《みち》に、奈良坂《ならさか》といふ山越《うやまこ》えけるほどより、この母《はは》の尼君《あまぎみ》、心地《ここち》あしうしけれぱ、かくては、いかでか残《のこ》りの道《みち》をもおはし着《わつ》かむともて騒《さわ》ぎて、宇治《うじ》のわたりに知《し》りたりける人《ひと》の家《いえ》ありけるにとどめて、今日《きょう》ばかり休《やす》めたてまつるに、なほいたう《おと》わづらへ《え》ば、横川《よかわ》に消息《しょうそこ》したり。山籠《やまごも》りの本意《ほい》深《ふか》く、今年《こと》は出《い》でじと思《おもい》ひけれど、限《かぎ》りのさまなる親《おや》の、道《みち》

せて、帰る途中、奈良坂《ならさか》という山を越えるあたりから、母の尼君は気分が悪くなりました。とてもこれでは、どうして帰りつくまでの旅がつづけられるだろうかと、皆が心配して、宇治《うじ》のあたりに知人の家がありましたので、そこに泊まらせて、一日だけは休ませてみました。それでもやはり、病気はひどくなるばかりなので、とにかくその事情を、横川の僧都に使いを出して、報《しら》せました。

僧都は、山籠《やまごも》りの念願が固く、今年は山から降りないつもりでしたけれど、命も危ない老母が、旅の途中で死ぬようなことになればと、危篤《きとく》の報せに驚いて、急いで山を下り、宇治に駆

の空《そら》にて亡《な》くやならむと驚《おどろ》きて、急《いそ》ぎものしたまへ《え》り。

故朱雀院《こすざくいん》の御領《ごりよう》にて宇治院《うじのいん》といひ《い》し所《ところ》、このわたりならむと思ひ《おもい》出《い》でて、院守《いんもり》、僧都《そうず》知《し》りたまへ《え》りければ、一二日宿《ひとひふつかやど》らんと言ひ《いい》にやりたまへ《え》りければ

まづ、僧都《そうず》渡《わた》りたまふ《う》。いといたく荒《あ》れて、恐《おそ》ろしげなる所《ところ》かなと見《み》たまひ《い》て、「大徳《だいとこ》たち、経読《きようよ》め」などのた

けつけました。

故朱雀院《こすざくいん》の御領地《ごりようち》に宇治の院というのがあったが、たしかこのあたりだったと思い出して、僧都は幸い、その院《いん》守《もり》を知っておられたので、一日二日、泊めてもらいたいと使いをおやりになりました。

まず、僧都がさきにお出かけになります。宇治の院は実にひどく荒れ果てていて、恐ろしそうなところだと僧都は御覧になりましたので、「大徳《だいとこ》たち、経を読め」などと、お命じになります。

あの初瀬詣でのお供をした阿闍梨と、もう一人同じような姿の僧が、何が起こったのか、案内役にうってつけ

まふ《う》。この初瀬《はつせ》に添《そ》ひ《い》たりし阿闍梨《あざり》と、同《おな》じやう《よ》なる、何《なに》ごとのあるにか、つきづきしきほどの下﨟法師《げろうほうし》に灯《ひ》点《とも》させて、人《ひと》も寄《よ》らぬ背後《うしろ》の方《かた》に行《い》きたり。森《もり》かと見《み》ゆる木《き》の下《した》を、疎《うと》ましげのわたりやと見入《みい》れたるに、白《しろ》き物《もの》のひろごりたるぞ見《み》ゆる。

「かれは、何《なに》ぞ」と、立《た》ちとまりて、灯《ひ》を明《あか》くなして見《み》れば、もののゐ《い》たる姿《すがた》なり。僧「狐《きつね》の変化《へんげ》したる。憎《にく》し。

の下っぱの僧に、火のついた松明《たいまつ》を持たせて、ふだんは人も立ち寄らない建物の背後のほうに行きました。森かと思われるような木の繁《しげ》った下陰《したかげ》を、何とも言えず気味の悪いところだと思いながら、じっと見つめますと、何か白い物のひろがっているのが見えます。

「あれは何だろう」と、立ちどまって、松明の火を明るくして見ると、そこに何かが蹲《うずくま》っている姿なのです。

「狐《きつね》が化けているのだ。憎いやつだ。正体をあばいてやろう」と言って、一人の僧が、もう少し白い物のほうへ歩いて行きます。もう一人は、「ああ、止《よ》しなさい。どうせ悪い魔性《ましょう》の化け物だろう」と言って、魔物を追い払う不《ふ》

見《み》あらはさむ」とて、一人《ひとり》はいますこし歩《あゆ》みよる。いま一人《ひとり》は、「あな用《よう》な。よからぬ物《もの》ならむ」と言《い》ひて、さやうの物退《ものしぞ》くべき印《いん》を作《つく》りつつ、さすがになほ《お》まもる。

頭《かしら》の髪《かみ》あらば太《ふと》りぬべき心地《ここち》するに、この灯《ひ》点《とも》したる大徳《だいとこ》、憚《はばか》りもなく、奥《おう》なきさまにて近《ちか》く寄《よ》りてそのさまを見《み》れば、髪《かみ》は長《なが》く艶々《つやつや》として、大《おお》きなる木《き》の根《ね》のいと荒々《あらあら》しきに寄《よ》りゐ《い》

動《どう》の印《いん》を結んで、呪《じゅ》を称《とな》えて祈りながら、それでもやはり、まだ、恐る恐るじっと見つめています。

僧の頭に髪の毛があれば、恐怖のあまり太く逆立つにちがいないほど、ぞっとするように思われますけれど、この松明を持った大徳は、恐れも知らず、深い思慮《しりょ》もない様子で、ずかずかとその白い物に近づいて、様子をよく見ると、どうも女のようで、髪が長く艶々《つやつや》として、大きな木の根方の、非常にごつごつしたところに寄りかかって坐《すわ》って、激しく泣いています。

「めったにない不思議なことですな。僧都さまにこれを御覧になっていただきましょう」と言うと、もう一人の僧

て、いみじう泣《な》く。

僧「めづらしきことにもはべるかな。僧都《そうず》の御坊《ごぼう》に御覧《ごらん》ぜさせたてまつらばや」と言《い》へば、「げにあやしきことなり」とて、一人《ひとり》は参《もう》でて、かかることなむと申《もう》す。僧都「狐《きつね》の人《ひと》に変化《へんげ》するとは昔《むかし》より聞《き》けど、まだ見《み》ぬものなり」とて、わざと下《お》りておはす《わ》。

かの渡《わた》りたまはん《わ》とすることによりて、下衆《げす》ども、みなはかばかしきは、

も、「いかにも、奇怪《きっかい》なことだ」と僧都のところに行って、こんなことがありますと報告しました。「狐が人に化けるとは、昔からよく聞くけれど、拙僧《せっそう》はまだ見たことがない」と僧都は言って、わざわざ寝殿から下りて来られました。

尼君たちがこちらに来られるというので、この院の下男の中で役に立つ者たちは、調理場などで、当然必要な用

御厨子所《みずしどころ》などあるべかしきことどもを、かかるわたりには急《いそ》ぐものなりければ、ゐ《い》しづまりなどしたるに、ただ四五人《よたりいつたり》してここなる物《もの》を見《み》るに、変《かわ》ることもなし。あやしうて、時《しゅう》の移《うつ》るまで見《み》る。

とく夜《よ》も明《あ》けはてなん、人《ひと》か何《なに》ぞと見《み》あらはさむと、心《こころ》にさるべき真言《しんごん》を読《よ》み印《いん》を作《つく》りてこころみるに、しるくや思《おも》ふらん、僧都「これは人《ひと》なり。さ

意をしています。特にこういう不意の来客の場合は、手早くしなければなりませんので、そこに腰を据《す》えてかかりきっています。それでこちらは人少なになってひっそりしていました。

僧都が弟子の四、五人だけを連れて、この怪しい物を見に行きますと、さっきと同じ状態で変わったこともありません。不思議でならないので、時の移るのも忘れて見ています。

「早く夜が明ければいいのに。そうすれば、これが、人か、何か、正体がわかるだろう」と、僧都は心に効験《こうけん》のある真言《しんごん》の呪文を称えながら、手に印を結んで試してみるうちに、はっきり、見定められたのでしょう。「これ

らに非常《ひじよう》のけしからぬ物《もの》にあらず。寄《よ》りて問《と》へ。亡《な》くなりたる人《ひと》にはあらぬにこそあめれ。もし死《し》にたる人《ひと》を捨《す》てたりけるが、蘇《よみがえ》りたるか」と言ふ《いう》。

僧都《そうず》、「まことの人《ひと》のかたちなり。その命《いのち》絶《た》えぬを見《み》る見《み》る捨《す》てんことといみじきことなり。なほ《お》こころみに、しばし湯《ゆ》を飲《の》ませなどして助《たす》けこころみむ。つひ《い》に死《し》なば、言ふ《いう》限《かぎ》りにあらず」とのたまひ《い》て、この大徳《だいとこ》して抱《いだ》き

は人間だ。決して怪しい魔物ではない。側に近寄って訊《たず》ねてみよ。死んでしまった人ではないようだ。もしかしたら死人を誰かがここに捨てたのが蘇《そ》生《せい》したのかもしれない」と言います。

僧都は、「これは、正真正銘《しょうしんしょうめい》人間の姿をしている。その命がまだ絶えないのを目《ま》のあたりに見ながら、みすみす捨てておくのは、大変恐ろしい罪作りになる。試しに、しばらく薬湯《やくとう》を飲ませたりして、助けるよう手を尽くしてみよう。それでもやはり死ぬならば、その時は、もはや仕方のないことだが」とおっしゃって、この僧に命じて女を邸《やしき》の中に抱き入れさせました。

入《い》れさせたまふを

下衆《げす》などは、いと騒《さわ》がしく、ものをうたて言《い》ひなすものなれば、人騒《ひとさわ》がしからぬ隠《かく》れの方《かた》になん臥《ふ》せたりける。

御車寄《みくるまよ》せて下《お》りたまふほど、いたう苦《くる》しがりたまふとてののしる。すこし静《しず》まりて、僧都《そうず》、「ありつる人《ひと》はいかがなりぬる」と問《と》ひたまふ。

僧「なよなよとしてものも言《い》はず、息《いき》もしはべらず。何《なに》か、物《もの》にけどられに

下々《しもじも》の者などは、何でも大袈裟《おおげさ》に口さがなく言い立てるものなので、僧都はこの女を、なるべく人の来ない静かな目立たない場所に、寝かせておきました。

母尼君たちの一行が到着して、お車からお降りになる時も、ひどく苦しがられるので、大騒ぎになりました。それが少しおさまってから、僧都は、

「さっきの女の人はどうなったか」とお訊《き》きになります。

「ぐったりしていて、ものも言わず、息もしていないようです。まあ大したこともないでしょう。物《もの》の怪《け》に取り憑《つ》かれて正気を失っているのでしょう」

と、法師《ほうし》が答えるのを、妹の尼君が聞

ける人《ひと》にこそ」と言《い》ふ《う》を、妹《いもうと》の尼君《あまぎみ》聞《き》きたまひ《い》て、「何《なに》ごとぞ」と問《と》ふ《う》。僧都「しかじかのことをなむ。六十《むそじ》にあまる年齢《とし》、めづらかなるものを見《み》たまへ《え》つる」とのたまふ《う》。うち聞《き》くままに、妹尼「おのが寺《てら》にて見《み》し夢《ゆめ》ありき。いかや《よ》うなる人《ひと》ぞ。まづそのさま見《み》ん」と泣《な》きてのたまふ《う》。僧都「ただこの東《ひむがし》の遣戸《やりど》になんはべる。はや御覧《ごらん》ぜよ」と言《い》へ《え》ば、急《いそ》ぎ行《ゆ》きて見《み》るに、

きつけて、「何の話ですの」とお訊《たず》ねします。

「実はこうこういう次第で、六十過ぎにもなって、不思議な珍しいものを見ました」と僧都がおっしゃいます。妹の尼君はそれを聞くなり、「わたくしが初瀬の寺でお籠《こも》り中に見た夢があります。その夢に関係があるような気がします。どんな人でしょう。とにかく、その人の様子を早く見せて下さい」と泣きながらおっしゃいます。僧都が、「すぐこの東の引き戸の側にいます。早く御覧なさい」と言いますので、急いで行って見ますと、誰もそこには寄りつかないで、一人捨て置かれています。

人《ひと》も寄《よ》りつかでぞ捨《す》ておきたりける。いと若《わこ》ううつくしげなる女《おんな》の、白《しろ》き綾《あや》の衣一襲《きぬひとかさね》、紅《くれない》の袴《はかま》ぞ着《き》たる、香《か》はいみじうかうばしくて、あてなるけはひ限《いかぎ》りなし。妹尼「ただ、わが恋《こ》ひ悲《いかな》しむむすめのかへ《え》りおはしたる《わ》なめり」とて、泣《な》く泣《な》く御達《ごたち》を出《い》だして、抱《いだ》き入《い》れさす。いかなりつらむともありさま見《み》ぬ人《ひと》は、恐《おそ》ろしがらで抱《いだ》き入《い》れつ。

見れば若くて可愛らしい女が、白い綾《あや》の衣服一襲《ひとかさね》を着て、紅《くれない》の袴《はかま》をはいています。薫《た》きしめた香《こう》の匂いが言いようもなく芳《かぐわ》しく漂《ただよ》い、限りなく気品の高い感じがします。「これは、もう、わたしの恋い悲しんでいる死んだ娘が、帰ってきたようです」と言って、尼君は泣く泣く、女房たちを呼んで、その若い女を自分の部屋に抱き入れさせました。さっきの発見された時の様子を知らない女房たちは、怖がりもしないで抱き入れました。

妹の尼君は、「ああ、騒々しい。静かにしなさい。このことを人に喋《しゃべ》らないように。あとで厄介なことが起こると困るから」などと、口止めしなが

妹尼「あなかま。人《ひと》に聞《き》かすな。わづらはしきこともぞある」など口《くち》かためつつ、尼君《あまぎみ》は、親《おや》のわづらひ《い》たまふ《う》よりも、この人《ひと》を生《い》けはてて見《み》まほしう《しゅう》惜《お》しみて、うちつけに添《そ》ひ《い》ゐ《い》たり。

妹尼「あな心憂《こころう》や。いみじくかなしと思ふ《おもう》人《ひと》のかは《わ》りに、仏《ほとけ》の導《みちび》きたまへ《え》ると思ひ《おもい》きこゆるを、かひ《い》なくなりたまは《わ》ば、なかなかなることをや思は《おもわ》ん。さるべき契《ちぎ》りにてこそかく見《み》たてまつ

ら、病気の親よりも、この人を生き返らせてみたいとその命を惜しんで、そのままぴったりと看病に付き添っています。

「まあ、情けない。今でもどうにもいとしくてならないあの死んだわたしの娘の代わりに、仏さまが授けて下さったのだと思っているのに、その甲斐《かい》もなくあなたが亡くなってしまったら、お逢いしたばかりにかえって辛《つら》い思いをすることでしょう。前世からの縁があったからこそ、こうしてあなたのお世話をさせていただくのでしょう。せめて、一言でも何かおっしゃって下さいな」と、妹の尼君は言いつづけますが、女は、やっと、「生き返ったとし

るらめ。なほ《お》いささかものたまへ《え》」と言《い》ひ《い》つづくれど、から《ろ》うじて、「生《い》き出《い》でたりとも、あやしき不用《ふよう》の人《ひと》なり。人《ひと》に見《み》せで、夜《よる》、この川《かわ》に落《お》とし入《い》れたまひ《い》てよ」と、息《いき》の下《した》に言《い》ふ《う》。二日《ふつか》ばかり籠《こも》りゐ《い》て、二人《ふたり》の人《ひと》を祈《いの》り加持《かじ》する声《こえ》絶《た》えず、あやしきことを思《おも》ひ《い》騒《さわ》ぐ。

尼君《あまぎみ》、よろしくなりたまひ《い》ぬ。方《かた》もあきぬれば、かくうたてある所《ところ》に久《ひさ》

ましても、わたくしはどうしようもない、この世に不用の者なのです。誰にも逢わせないで、夜、この川に投げ込んで下さい」と、息も絶え絶えに言います。

　一行は二日ばかり、そこに滞在します。母の尼君とこの女を、僧都たちが加持祈禱《かじきとう》する声が絶えず聞こえ、この女の不気味な話題に、人々はあれこれ憶測《おくそく》して不審な出来事に驚いています。

　母の尼君は、御病気がよくなられました。塞がっていた方角も空きましたので、こんな、不気味でいやなところに、長く御滞在なさるのもよくないからと、帰ることにします。「この人は

しうおはせんも便《びん》なしとて帰《かえ》る。「この人《ひと》は、なほいと弱《よわ》げなり。道《みち》のほどもいかがものしたまはん」と、「いと心苦《こころぐる》しきこと」と言《い》ひあへり。

車二《くるまふた》つして、老人《おいびとの》乗りたまへるには、仕《つか》うまつる尼二人《あまふたり》、次《つぎ》のには、この人《ひと》を臥《ふ》せて、かたはらにいま一人《ひとりの》乗り添《そ》ひて、道《みち》すがら行《ゆ》きもやらず、車《くるま》とめて湯《ゆ》まゐりなどしたまふ。比叡坂本《ひえさかもと》に、小野《おの》といふ所《ところ》にぞ住《す》み

やはり、たいそう衰弱しているようです。帰りの道中も大丈夫でしょうか」「どうしたらいいでしょうね。ほんとうに心配なことですわ」と女房たちは話し合っています。

車を二輛《りょう》用意して、母の老尼《ろうに》がお乗りになった車には、お仕えしている尼が二人乗りこみました。次の車には、この女を寝かせて、妹の尼君と、ほかにもう一人、女房が付き添いに同乗しました。道中はゆっくり進ませて、時々、車を止めて薬湯などもさし上げます。

尼君たちは、比叡の西坂本《にしさかもと》の小野《おの》というところに住んでいらっしゃるのでした。そこまでの道のりは、ずいぶん

たまひける。そこにおはし着《つ》くほど、いと遠《とお》し。「中宿《なかやどり》を設《もう》くべかりける」など言《い》ひて、夜更《よふ》けておはし着《つ》きぬ。「川《かわ》に流《なが》してよ」と言《い》ひし一言《ひとこと》よりほかに、ものもさらにのたまはねば、いとおぼつかなく思《おも》ひて、いつしか人《ひと》にもなしてみんと思《おも》ふに、つくづくとして起《お》き上《あ》がる世《よ》もなく、いとあやしうのみものしたまへば、つひに生《い》くまじき人《ひと》にやと思《おも》ひながら、うち捨《す》てむも

遠いのでした。「途中に中宿《なかやど》りを用意すればよかったのに」などと言いながら、夜もすっかり更けて、小野に帰りつきました。

宇治の院で、川に流してほしいと言った一言よりほかに、この人はものを全く言わないので、素性も事情もわからなくて、頼りないまま、何とかしていつかは健康な体に回復させたいと思うけれど、この女は気力も体力も尽きはてたようにぐったりしたまま、起き上がることも出来ず、どうしようもなく不安な状態がつづいています。結局助からない人なのかもしれないと思いながら、妹の尼君はそのまま捨てておくのもさすがに可哀そうでなりませ

いとほしう《おしゅう》いみじ。夢語《ゆめがたり》もし出《い》でて、はじめより祈《いの》らせし阿闍梨《あざり》にも、忍《しの》びやかに芥子《けし》焼くことせさせたまふ《う》。うちはへ《え》、かくあつかふ《う》ほどに、四五月《うづきさつき》も過《す》ぎぬ。朝廷《おおやけ》の召《めし》にだに従《したが》はず、深《ふか》く籠《こも》りたる山《やま》を出《い》でたまひ《い》て、すずろにかかる人《ひと》のためになむ行《おこな》ひ騒《さわ》ぎたまふ《う》と、ものの聞《き》こえあらん、いと聞《き》きにくかるべしと思《おぼ》し、弟子《でし》ども言《い》ひ《い》て、人《ひと》に

ん。

　初瀬の観音さまから亡き娘の代わりの者を授かるという夢告をいただいたことまで打ち明けて、初めから加持祈禱してもらっていた阿闍梨に、こっそり、芥子《けし》を入れて護摩《ごま》を焚《た》いたりしてもらいました。

　その後長く引きつづいてこうして手《て》篤《あつ》く看病しているうちに、四月、五月も過ぎてしまいました。

　朝廷からのお召しさえもお断りして、深く籠っていた山から下りて、何の関わりもないのにこんな素性も怪しい女のために、祈禱をして大騒ぎしているなど評判になったら、さぞ聞き苦しいことだろうと、尼君はお考えにな

聞《き》かせじと隠《かく》す。

何《なに》やうのものの、かく人《ひと》をまどは《わ》したるぞと、ありさまばかり言《い》は《わ》せまほしう《しゅう》て、弟子《でし》の阿闍梨《あざり》とりどりに加持《かじ》したまふ《う》。月《つき》ごろ、いささかも現《あらわ》はれざりつる物《もの》の怪調《けちょう》ぜられて、

物の怪「おのれは、ここまで参《もう》で来《き》て、かく調《ちょう》ぜられたてまつるべき身《み》にもあらず。昔《むかし》は、行《おこない》ひせし法師《ほうし》の、いささかなる世《よ》に恨《うら》みをとどめて漂《ただよい》ひ歩《あり》

り、弟子たちもそう言いますので、この一件を人には知らせないように、隠しています。

　僧都は、何者がこんなにこの人を苦しめているのか、そのわけだけでも、憑坐《よりまし》に言わせたくて、弟子の阿闍梨と共に、思い思いに加持祈禱をなさいます。そのうち、ここ幾月もの間、少しも現れなかった物の怪が祈り伏せられて、ついに現れました。

「自分はこんなところまでやって来て、お前たちに、こうして調伏されるような者ではない。昔は仏道修行一途《いちず》の法師だったが、死後に少しばかりこの世に恨みを残して成仏《じょうぶつ》出来ず、まだ中有《ちゅうう》にさ迷い歩いていた時、美しい女

きしほどに、よき女《おんな》のあまた住《す》みたまひし所《ところ》に住《す》みつきて、かたへは失《うしな》ひてしに、この人《ひと》は、心《こころ》と世《よ》を恨《うら》みたまひて、我《われ》いかで死《し》なんといふことを、夜《よる》昼《ひる》のたまひしに頼《たよ》りを得《え》て、いと暗《くら》き夜《よ》、独《ひと》りものしたまひしをとりてしなり。されど観音《かんのん》とざまかうざまにはぐくみたまひければ、この僧都《そうず》に負《ま》けたてまつりぬ。今《いま》はまかりなん」とののしる。

がたくさん住んでいたところに住みついたのだ。そこで一人の女は取り殺してしまったが、この人は、自分からこの世を恨まれて、何とかして死にたいと、夜となく昼となくおっしゃっていたので、それに便乗《びんじょう》して、ある、真の闇夜に、たった一人でいらっしゃったところに取り憑いたのだ。しかし初瀬の観音が、何かと、この人をお守りになるので、この僧都の法力《ほうりき》に、ついに自分は負けてしまった。ただ今から退散するとしよう」と大声でわめきます。

正身《そうじみ》の心地《ここち》はさはやか《わ》に、いささかものおぼえて見《み》まはし《わ》たれば、一人見《ひとりみ》し人《ひと》の顔《かお》はなくて、みな、老法師《ろうほうし》、ゆがみおとろへ《え》たる者《もの》どものみ多《おお》かれば、知《し》らぬ国《くに》に来《き》にける心地《ここち》していと悲《かな》し。ありし世《よ》のこと思《おも》ひ出《い》づれど、住《す》みけむ所《ところ》、誰《たれ》といひ《い》し人《ひと》とだにたしかにはかばかしう《しゅう》もおぼえず。ただ、我《われ》は限《かぎ》りとて身《み》を投《な》げし人《ひと》ぞかし、いづくに来《き》にたるにかとせめて

御病人自身の気分は、物の怪が去って爽《さわ》やかになり、少し意識ももどってきて、周囲を見まわしました。そこには誰一人知った人の顔はなくて、皆、老法師の、腰の曲がり衰えた者ばかり多かったので、まるで知らない国へ来たような気持がして、たまらなく悲しいのです。過去のことを思い出そうとするけれど、どこに住んでいたのか、自分が何という名前だったのかさえも、はっきりとは覚えていません。

「ただ、自分はこれが最期だと決心して、川に身を投げたはずだ。それなのに一体どこへ来てしまったのだろう」と思って、強《し》いて前の記憶を呼び覚ましてみますと、

思《おも》ひ出《い》づれば、いといみじとものを思《おも》ひ嘆《なげ》きて、皆人《みなひと》の寝《ね》たりしに、妻戸《つまど》を放《はな》ちて出《い》でたりしに、風《かぜ》ははげしう、川波《かわなみ》も荒《あろ》う聞《き》こえしを、独《ひと》りもの恐《おそ》ろしかりしかば、来《き》し方行《かたゆ》く末《すえ》もおぼえで、簀子《すのこ》の端《はし》に足《あし》をさし下《お》ろしながら、行《い》くべき方《かた》もまどはれて、帰《かえ》り入《い》らむも中空《なかぞら》にて、心強《こころづよ》く、この世《よ》に亡《う》せなんと思《おも》ひたちしを、をこがましう《しゅう》て人《ひと》に見《み》つけられむよりは鬼《おに》も何《なに》も食《く》

「そうだ、わたしはたしか、こんなに辛《つら》いことはないと思いあまって、嘆き悲しんだあげく、人が皆眠ってしまったあとで、出口の妻戸《つまど》を開けて外へ出たのだった。外は風が烈《はげ》しく吹き狂い、宇治川の波音も荒々しくとどろいていたのを、独りで聞くと空恐ろしくなったから、あとさきの見境もなくなり、縁の端に足を下ろしたまま、どこへ行ったらいいのやらと心が惑い乱れ、今更、部屋に引き返すのも中途半端な気持で、上《うわ》の空《そら》でいたのだった。やはり、心を強くして、自殺してしまおうと、決心したけれど、下手《へた》に死に損《そこ》なって見苦しい姿を人に見つけられるよりは、『鬼でも何でもいいか

ひ《い》て失ひ《うしない》てよと言ひ《いい》つつ、つくづくとゐ《い》たりしを、いときよげなる男《おとこ》の寄《よ》り来《き》て、いざたまへ《え》、おのがもとへと言ひ《い》て、抱《いだ》く心地《ここち》のせしを、宮《みや》と聞《き》こえし人《ひと》のしたまふ《う》とおぼえしほどより心地《ここち》まどひ《い》にけるなめり

人《ひと》の言《い》ふ《う》を聞《き》けば、多《おお》くの日《ひ》ごろも経《へ》にけり、いかにうきさまを、知《し》らぬ人《ひと》にあつかはれ《わ》見《み》えつらん、と恥《は》づかしう《しゅう》、つひ《い》にかくて生《い》きかへ《え》りぬるか

ら、食い殺しておくれ』とひとりごとを言いながら、つくづく思いあぐねていたのだった。そこへ、たいそうきれいな男があらわれ側へ寄ってきて、『さあ、いらっしゃい。わたしのところへ』と、言って、抱いてくれるような気がしたのを、これは宮とお呼び申し上げた方が抱いて下さるのだと思われた。そのあたりから意識を失ってしまったらしい。

今、まわりの人の言うことを聞くと、あれから多くの日数も過ぎていたのだった。その間に、正気を失ったどんな情けない有り様を、この知らない人々の目にさらし、また、どれほど世話もされていたことだろうか」

と思《おも》ふも口惜《くちお》しければ、いみじうおぼえて、なかなか沈《しず》みたまへりつる日《ひ》ごろは、うつし心《ごころ》もなきさまにて、ものいささかまゐる《い》をりもありつるを、つゆばかりの湯《ゆ》をだにまゐらず《い》。ある人々《ひとびと》も、あたらしき御《おん》さま容貌《かたち》を見《み》れば、心《こころ》を尽《つ》くしてぞ惜《お》しみまもりける。

浮舟「尼《あま》になしたまひ《い》てよ。さてのみなん生《い》くやう《よ》もあるべき」とのたまへ《え》

と、思うと恥ずかしくて、とうとう、こうして生き返ってしまったのか、と思うにつけても、口惜《くや》しいので、たまらなく悲しくなりました。ひどく重く患っていた頃は、夢うつつのように、食物も少しはお口にされたこともあったのに、正気の今は、かえって露ほどの薬湯さえ召し上がりません。

側にいる女房たちも、この方のいかにも死なせるのが惜しい、美しい御器量やお姿を見ると、心の限り尽くして大切に看病し、そのお命を守るのでした。

それなのに、この病人は、「どうかわたくしを尼にして下さい。そうしていただくよりほかに、生きてゆけそう

ば、妹尼「いとほ《お》しげなる御《おん》さまを、いかでか、さはなしたてまつらむ」とて、ただ頂《いただき》ばかりを削《そ》ぎ、五戒《ごかい》ばかりを受《う》けさせたてまつる。

心《こころ》もとなければ、もとよりおれおれしき人《ひと》の心《こころ》にて、えさかしく強《し》ひ《い》てものたまは《わ》ず。僧都《そうず》は、「今《いま》は、かばかりにて、いたは《わ》りやめたてまつりたまへ《え》」と言《い》ひ《い》おきて、登《のぼ》りたまひ《い》ぬ。

この主《あるじ》も、あてなる人《ひと》なりけり。む

もありません」とおっしゃいますので、「そんなに痛々しいあなたを、どうして尼になど出来ましょう」と言って、僧都にお願いして、ただ頭の頂《いただき》の髪だけを少し削《そ》ぎ、在家の信者の守る五《ご》戒《かい》だけを受けさせてさし上げます。

浮舟《うきふね》の君《きみ》は、それだけではもの足りないけれど、もともと、あまりはきはきしない気性の人なので、それほど気強く無理にも出家させてほしいとは、おっしゃいません。

僧都は、「今のところは、出家のことはこのくらいにしておいて、とにかく病気を全快させてあげなさい」と言い残して、横川にお帰りになりました。

すめの尼君《あまぎみ》は、上達部《かんだちめ》の北《きた》の方《かた》にてありけるが、その人亡《ひとな》くなりたまひて後《のち》、むすめただ一人《ひとり》をいみじくかしづきて、よき君達《きんだち》を婿《むこ》にして思《おも》ひあつかひ《い》けるを、そのむすめの君《きみ》の亡《な》くなりにければ、心憂《こころう》し、いみじと思《おも》ひ入《い》りて、かたちをも変《か》へ、かかる山里《やまざと》には住《す》みはじめたるなりけり。

若《わか》き人《ひと》の、かかる山里《やまざと》に、今《いま》はと、思《おも》ひたえ籠《こも》るは難《かた》きわざなりければ、

この庵《いおり》の庵主《あんじゅ》も身分の貴い人でした。娘の尼君は、もとはある上達部《かんだちめ》の北の方でした。その夫が亡くなってからは、娘ただ一人を大切に育てて、立派な公達《きんだち》を婿《むこ》に迎えて、心から大切にもてなしていました。ところがその娘が亡くなってしまったので、「ああ辛《つら》い、悲しくてとてもたまらない」と思いつめた末、憂《う》き世《よ》をはかなんで姿を変えて尼になり、こんな小野の山里に住むようになったのでした。

若い女がこんな淋しい山里に、今はこれまでと憂き世を捨てきって隠遁《いんとん》することは、いたって難しいことですから、ここには、いつもはただひどく年をとった尼ばかりが七、八人、住んで

ただいたく年経《としへ》にける尼七八人《あましちはちにん》ぞ、常《つね》の人《ひと》にてはありける。それらがむすめ、孫《むまご》や《よ》うの者《もの》ども、京《きょう》に宮仕へ《みやづかえ》するも、異《こと》ざまにてあるも、時々《ときどき》ぞ来《き》通ひ《かよい》ける。

かくのみ人《ひと》に知《し》られじと忍《しの》びたまへ《え》ば、まことにわづらは《わ》しかるべきゆゑ《え》ある人《ひと》にものしたまふ《う》らんとて、くはしきこと、ある人々《ひとびと》にも知《し》らせず。

尼君《あまぎみ》の昔《むかし》の婿《むこ》の君《きみ》、今《いま》は中将《ちゅうじょう》にて

いるのでした。また、その老尼たちの娘や孫とかで、京で宮仕えしている者や、ほかに縁づいている者などが、時々京より訪ねて来ます。

こんなふうにして、人目を避けて隠れてばかりいらっしゃるので、尼君も、よくよく困るような事情のある方なのだろうと想像して、くわしいことは、庵の誰にも話しません。

尼君の亡くなった娘の婿君は、今は

ものしたまひける、弟《おとうと》の禅師《ぜんじ》の君《きみ》、山《やま》籠《ごも》りしたるをとぶらひに、はらからの君《きみ》たち常《つね》に登《のぼ》りけり。横川《よかわ》に通《かよ》ふ道《みち》のたよりによせて、中将《ちゅうじょう》ここにおはしたり。前駆《さき》うち追《お》ひて、あてやかなる男《おとこ》の入《い》り来《く》るを見出《みい》だして、忍《しの》びやかにておはせし人《ひと》の御《おん》さまけはひぞ、さやかに思《おも》ひ出《い》でらる。

中将になっています。この人の弟の禅《ぜん》師《じ》の君《きみ》は僧都の弟子で、僧都と一緒に比叡山の横川に籠っています。その弟君のお見舞いに、兄弟の方たちがよく山に登って行きました。

この小野の里は、横川へ行く途中にあたりますので、中将はある日、この庵に立ち寄られました。前駆《ぜんく》の人々に先払いさせ、品のいい男が入って来るのを、浮舟の君が庵の内から見ていますと、昔、しのびやかに宇治に通ってこられた薫《かおる》の君のお姿や風情がありありと思い出されます。

人々《ひとびと》に水飯《すいはん》などやうのもの食《く》はせ、君《きみ》にも蓮《はす》の実《み》などやうのもの出《い》だしたれば、馴《な》れにしあたりにて、さやうのこともつつみなき心地《ここち》して、むら雨《さめ》の降《ふ》り出《い》づるにとどめられて、物語《ものがたり》しめやかにしたまふ。

尼君《あまぎみ》、入《い》りたまへる間《ま》に、客人《まろうと》、雨《あめ》のけしきを見《み》わづらひて、少将《しょうしょう》といひし人《ひと》の声《こえ》を聞《き》き知《し》りて、呼《よ》び寄《よ》せたまへ《え》り。中将「昔見《むかしみ》し人々《ひとびと》は、みなこ

尼君はお供の人々に水飯《すいはん》を振舞い、中将の君には蓮《はす》の実《み》などをさし上げますと、昔はこの人の娘婿として通い馴れたところなので、中将はあまり遠慮のいらない気持がして、折から村雨《むらさめ》が降り出したのに引きとめられる形で、しんみりと尼君と話しこまれます。

尼君が奥へお入りになった間に、客の中将は、雨の様子を見ながら困って、少将《しょうしょう》という尼の声を覚えていらっしゃいましたので、その人をお呼びになりました。

「昔お仕えしていた女房たちは、皆、まだここにいるのだろうかと思いながらも、こうしてお伺いすることが、次第に難しくなったのを、誰もがわたし

こにものせらるらんやと思《おも》ひながらも、かう参《まい》り来《く》ることも難《かた》くなりにたるを、心浅《こころあさ》きにや誰《たれ》も誰《たれ》も見《み》なしたまふらん」などのたまふ。仕《つこ》うまつり馴《な》れにし人《ひと》にて、あはれなりし昔《むかし》のことども思《おも》ひ出《い》でたるついでに、

中将「かの廊《ろう》のつま入《い》りつるほど、風《かぜ》の騒《さわ》がしかりつる紛《まぎ》れに、簾《すだれ》の隙《ひま》より、なべてのさまにはあるまじかりつる人《ひと》の、うち垂《た》れ髪《がみ》の見《み》えつるは、世《よ》

を薄情者と見ていることだろう」などとおっしゃいます。少将の尼は、亡き姫君にお仕えしてよく馴れ親しんだ女房でしたので、中将は昔の日々のなつかしさにかられて、いろいろ思い出されます。

そのついでに、「さっきあの廊《ろう》の端からわたしが入って来た時に、風が強く吹きこんで、簾《すだれ》が乱れた隙間から、並々の人とは思えない女の人の垂《た》れ髪《がみ》の姿が見えたが、こんな尼君ばかりのいる草庵《そうあん》に、どういうお方だろうと、見て驚かされました」とおっしゃいます。

少将の尼は、「さては姫君がお部屋から出られる後ろ姿を御覧になったの

を背《そむ》きたまへ《え》るあたりに、誰《たれ》ぞとなん見驚《みおどろ》かれつる」とのたまふ《う》。

姫君《ひめぎみ》の立《た》ち出《い》でたまへ《え》りつる後手《うしろで》を見《み》たまへ《え》りけるなめり、と思《おも》ひ《い》て、ましてこまかに見《み》せたらば、心《こころ》とまりたまひ《い》なんかし、昔人《むかしびと》はいとこよな《の》う劣《おと》りたまへ《え》りしをだに、まだ忘《わす》れがたくしたまふ《う》めるを、と心《こころ》ひとつに思《おも》ひ《い》て、少将の尼「過《す》ぎにし御事《おんこと》を忘《わす》れがたく、慰《なぐさ》めかねたまふ《う》めりしほどに、

だろう」と思って、「この上姫君を仔《し》細《さい》にお見せしたら、中将はきっとお心がお惹《ひ》かれになるだろう。亡くなったお方は、この姫君よりはずっと御器量が劣っていらっしゃったのに、今でも忘れられないようなのだから」と、自分の心の内に勝手に考えて、「尼君は、亡き姫君のことが忘れられず、お嘆きも慰めかねていらっしゃるような折に、思いがけないお方をお手に入れられまして、朝夕見てのお心慰めにしていらっしゃるのです。気を許してくつろいでいらっしゃったお姿を、どうしてお目にとめられたのでしょう」と言います。

おぼえぬ人《ひと》を得《え》たてまつりたまひ《い》て、明《あ》け暮《く》れの見《み》ものに思《おも》ひきこえたまふ《う》めるを、うちとけたまへ《え》る御《おん》ありさまを、いかでか御覧《ごらん》じつらん」と言《い》ふ《う》。

中将《ちゅうじょう》は、山《やま》におは《わ》し着《つ》きて、僧都《そうず》もめづらしがりて、世《よ》の中《なか》の物語《ものがたり》したまふ《う》。その夜《よ》はとまりて、声尊《こえとうと》き人々《ひとびと》に経《きょう》など読《よ》ませて、夜《よ》一夜《ひとよ》遊《あそ》びたまふ《う》。

禅師《ぜんじ》の君《きみ》、こまかなる物語《ものがたり》などする

中将は、比叡山の横川《よかわ》にお着きになりました。僧都も久々なので、珍しがられ世間話をあれこれなさいます。その夜は横川に泊まって、声のすぐれた法師たちに読経《どきょう》などさせて、一晩中、管弦のお遊びをなさいます。

弟の禅師の君と、打ちとけたお話をなさるついでに、「小野に立ち寄って、しみじみあわれを感じましたよ。僧都の妹君の尼君は、出家なさったけ

ついでに、中将「小野《おの》に立《た》ち寄《よ》りて、ものあはれ《わ》にもありしかな。世《よ》を捨《す》てたれど、なほ《お》さばかりの心《こころ》ばせある人《ひと》は、難《かと》うこそ」などのたまふ《う》ついでに、中将「風《かぜ》の吹《ふ》き上《あ》げたりつる隙《ひま》より、髪《かみ》いと長《なが》く、をかしげなる人《ひと》こそ見《み》えつれ。あらは《わ》なりとや思《おも》ひ《い》つらん、立《た》ちてあなたに入《い》りつる後手《うしろで》、なべての人《ひと》とは見《み》えざりつ。さやうの所《ところ》に、よき女《おんな》はおきたるまじきものにこ

れど、やはり、あれだけの深い心遣いのある人はめったにいないだろうね」など話されたついでに、

「風が吹きあげた簾の隙間から、髪のたいそう長い、魅力的な女が見えてしまった。女は外から見られるとでも思ったのか、立って奥へ入ってしまった。その後ろ姿がありふれた並の人とは思えなかった。あんな尼の庵に、美しい女を住まわせておいてはまずいだろうね。明け暮れ、見るものといっては、尼法師ばかりだし、ああしているうち、自然尼に見馴れて、色香もなく尼のようになってしまうだろうな」とおっしゃいます。

禅師の君は、「その女は、この春、

そあめれ。明《あ》け暮《く》れ見《み》るものは法師《ほうし》なり。おのづから目馴《めな》れておぼゆらん。不便《ふびん》なることなりかし」とのたまふ《う》。

禅師《ぜんじ》の君《きみ》、「この春《はる》、初瀬《はつせ》に詣《もう》でて、あやしくて見出《みい》でたる人《ひと》となむ聞《き》きはべりし」とて、見《み》ぬことなればこまかには言《いわ》はず。

文《ふみ》などわざとやらんは、さすがにうひうひしう《いいしゅう》、ほのかに見《み》しさまは忘《わす》れず、もの思《おも》ふらん筋何《すじなに》ごとと知《し》らねど

尼君たちが初瀬に参詣した時、不思議な事情で見つけて来た人だと聞いています」と言いますが、禅師はその女を見たことはないので、仔細は話しません。

京に帰ってからも、わざわざ手紙など送るのは、いかにも初心《うぶ》らしく気がひけるのですが、かと言って、ほのかに見た人の面影《おもかげ》が忘れられず、あの人の悩みの種が何かはわからないものの、可哀そうに思われ気にかかります。八月十日過ぎに、小鷹《こたか》狩りに行っ

あはれ《わ》なれば、八月十余日《はづきとおかあまり》のほどに、小鷹狩《こたかがり》のついでにおはし《わ》たり。

例《れい》の、尼呼《あまよ》び出《い》でて、中将「一目《ひとめ》見《み》しより、静心《しずごころ》なくてなむ」とのたまへ《え》り。答《いらえ》へたまふ《う》べくもあらねば、尼《あま》君《ぎみ》、「待乳《まつち》の山《やま》のとなん見《み》たまふ《う》る」と言《い》ひ《い》出《い》だしたまふ《う》。

荻《おぎ》の葉《は》に劣《おと》らぬほどほどに訪《おとず》れわたる、いとむつかしう《しゅう》もあるかな、人《ひと》の心《こころ》はあながちなるものなりけり、と見《み》

たついでに、中将はまた小野の庵を訪れました。

例の少将の尼を呼び出して、「あなたを一目見て以来、恋に心が乱れて落ち着きなく過しています」と、浮舟の君に伝えさせました。そのお返事をなさる筈《はず》もありませんので、尼君が、「〈待乳《まつち》の山の女郎花《おみなえし》〉で、ほかに誰か思う人があるように、わたくしはお見受けしますが」と、簾の外へ答えます。

荻《おぎ》の葉に吹き寄せる秋風に劣らないほど、しげしげと便りを寄こす中将に、「何とまあうるさいこと。男の心

知《し》りにしをりをりも、や《よ》うや《よ》う思ひ《おもい》出《い》づるままに、浮舟「なほ《お》かかる筋《すじ》のこと、人《ひと》にも思ひ《おもい》放《はな》たすべききさまにとくなしたまひ《い》てよ」とて、経《きよう》習ひ《ならい》て読《よ》みたまふ《う》。心《こころ》の中《うち》にも念《ねん》じたまへ《え》り。かく、よろづにつけて世《よ》の中《なか》を思ひ《おもい》捨《す》つれば、若《わか》き人《ひと》とてをかしやかなることもことになく、むすぼほれたる本《ほん》性《じよう》なめりと思ふ《おもう》。容貌《かたち》の見《み》るかひ《い》ありうつくしきに、よろづの咎見《とがみ》ゆるし

というのはむやみに強引なものだった」と、思い知らされた折々のことも少しずつ思い出されてくるので、「やはり、こうした色恋の問題を、あの中将にもあきらめてもらえるような尼姿に、わたしをすぐにして下さいませ」と言って、経を習っては声をあげて読んでいます。心のうちにも仏にお祈りなさいます。

女君がこのように、万事、色恋には全く無関心なので、若い女なのにこれといってとりたてて華やかなところもなく、生れつき、内気で陰気な性質なのだろうと、尼君は思います。

けれども顔や姿が、見るだけでも心が慰むほど可愛らしいのに免じて、ほ

て、明《あ》け暮《く》れの見《み》ものにしたり。すこしうち笑《わらい》ひたまふ《う》をりは、めづらしくめでたきものに思《おもえ》へり。

九月《ながつき》になりて、この尼君《あまぎみ》、初瀬《はつせ》に詣《もう》づ。年《とし》ごろいと心細《こころぼそ》き身《み》に、恋《こい》しき人《ひと》の上《うえ》も思《おもい》ひやまれざりしを、かくあらぬ人《ひと》ともおぼえたまはぬ《わ》慰《なぐさ》めを得《え》たれば、観音《かんのん》の御験《おんしるし》うれしとて、返申《かえりもう》しだちて詣《もう》でたまふ《う》なりけり。

忍《しの》びてといへ《え》ど、皆人慕《みなひとした》ひつつ、こ

かのすべての欠点は大目に見て、明け暮れの慰めにこの人を眺めています。たまに女君が少しでも笑ったりします時は、珍しくて心から喜ばしいことと思うのでした。

九月になって、この尼君はまた初瀬に参詣《さんけい》しました。長年たいそう心細い思いをした身の上で、恋しい亡き娘のことも忘れられなかったのに、こうして亡き娘ととても別人とも思えないほどの人を手に入れ、悲しみを紛らわせることが出来ましたので、これも観音のあらたかな御利益《ごりやく》だと思ってありがたく、お礼詣りのようなつもりで、参詣に行かれるのでした。

尼君は、目立たない旅のつもりでし

こには人少《ひとずく》なにておは《わ》せんを心苦《こころぐる》しがりて、心《こころ》ばせある少将《しょうしょう》の尼《あま》、左衛門《さえもん》とてあるおとなしき人《ひと》、童《わらわ》ばかりぞとどめたりける。

下衆下衆《げすげす》しき法師《ほうし》ばらなどあまた来《き》て、「僧都《そうず》、今日《きょう》下《お》りさせたまふ《う》べし」、「などにはか《わ》には」と問《と》ふ《う》なれば、僧「一品《いっぽん》の宮《みや》の御物《おんもの》の怪《け》になやませたまひ《い》ける、山《やま》の座主《ざす》御修法《みずほう》仕《つか》まつらせたまへ《え》ど、なほ《お》僧都《そうず》参《まい》りたまは《わ》で

たが、ここにいる尼たちが、皆同行を願いますので、この庵には浮舟の君がわずかの人と残されて留守をするのを心配して、気の利《き》いた少将の尼と、左衛門《さえもん》と呼ばれている年輩の女房と、女童《めのわらわ》だけを残して尼君の一行は旅立ちました。

そのうち見るからに卑《いや》しそうな法師たちが大勢来て、「僧都は今日、山をお下りになる御予定です」と前触《まえぶ》れします。「どうしてまた急に」と、こちらから尋ねているらしく、「女一の宮が、御物の怪に悩まされていらっしゃいますのを、比叡山のお座主《ざす》が御祈禱

は験《しるし》なしとて、昨日《きのう》二《ふた》たびなん召《め》しはべりし。右大臣殿《うだいじんどの》の四位少将《しいのしょうしょう》、昨夜《よべ》夜更《よふ》けてなん登《のぼ》りおはしまして、后《きさい》の宮《みや》の御文《おんふみ》などはべりければ下《お》りさせたまふ《う》なり」など、いとはなやかに言ひ《いい》なす。

恥《は》づかしう《しゅう》とも、あひ《い》て、尼《あま》になしたまひ《い》てよと言は《いわ》ん、さかしら人《ひと》すくなくてよきをりにこそと思へ《おもえ》ば、起《お》きて、浮舟「心地《ここち》のいとあしう《しゅう》のみはべ

にいらっしゃいましたが、やはり横川の僧都がお出《い》でになりませんことには効験《こうけん》が見えないということで、昨日再度お召しがございました。夕霧《ゆうぎり》の右大臣の御子息の四位《しい》の少将が、昨夜、夜が更けてから横川に上ってみえまして、明石《あかし》の中宮《ちゅうぐう》の御要請のお手紙をお届けになりましたので、僧都は下山して参内《さんだい》なさるのです」と、僧はいかにも得意そうに吹聴《ふいちょう》しています。

浮舟の君はそれを聞いて、恥ずかしくてもこの機会に僧都にお会いして尼にして下さいとお願いしよう、うるさく口出しをする僧都の妹の尼君がちょうど留守なのもいい折だから、と思いましたので、起きてきて、

るを、僧都《そうず》の下《お》りさせたまへ《え》らんに、忌《い》むこと受《う》けはべらんとなむ思《おも》ひはべるを、さやう《よ》に聞《き》こえたまへ《え》」と語《かた》らひ《い》たまへ《え》ば、ほけほけしう《しゅう》うなづく。

暮《く》れ方《かた》に、僧都《そうず》ものしたまへ《え》り。南《みなみ》面払《おもてはらい》ひしつらひ《い》て、まろなる頭《かしら》つきども、行《ゆ》きちがひ《い》騒《さわ》ぎたるも、例《れい》に変《かわ》りていと恐《おそ》ろしき心地《ここち》す。

母《はは》の御方《おんかた》に参《まい》りたまひ《い》て、僧都「いかにぞ、月《つき》ごろは」など言《い》ふ《う》。僧都

「このところずっと病気でほんとうに気分が悪くてなりませんので、僧都さまがこちらに下りていらっしゃいましたら戒《かい》をお受けしたいと思っております。僧都さまにどうかそのように申し上げて下さい」と相談を持ちかけますと、大尼君は呆《ほう》けたような様子でただうなずいています。

　日の暮れ方に、僧都がお越しになりました。部屋の南面のほうを、きれいに掃《は》き整えて、丸い頭の僧たちが、あちらこちらへ行ったり来たりして騒々しいのも、いつもと違ってたいそう恐ろしい気がします。

　僧都はまず母尼君のお部屋にいらっしゃって、「いかがですか、この頃は。

「東《ひむがし》の御方《おんかた》は物詣《ものもうで》したまひ《い》にきとか。このおはせ《わ》し人《ひと》は、なほ《お》ものしたまふ《う》や」など問《と》ひ《い》たまふ《う》。母尼「しか。ここにとまりてなん。心地《ここち》あしとこそものしたまひ《い》て、忌《い》むこと受《う》けたてまつらんとのたまひ《い》つる」と語《かた》る。立《た》ちてこなたにいまして、僧都「ここにやおはし《わ》ます」とて、几帳《きちよう》のもとについゐ《い》たまへ《え》ば、つつましけれど、ゐ《い》ざり寄《よ》りて答《いらえ》へしたまふ《う》。

東の妹尼君は物詣でに出かけられたとか。こちらにおいでだったあの方は、まだいらっしゃるのですか」などとお尋ねになります。大尼君は、「はい、まだここに泊まっておいでです。気分が悪いとばかりおっしゃっていて、何でも戒をあなたに授けていただきたいとおっしゃっています」と話します。

僧都は立ってこちらへお出でになり、「こちらにお出でていらっしゃいますか」と言って、几帳《きちょう》の傍にひざまずかれましたので、浮舟の君は恥ずかしいけれど、にじり寄ってお答えになります。

僧都は、「まだこれから先、ずいぶん前途のあるお年なのに、どうしてそ

僧都「まだいと行《ゆ》く先遠《さきとお》げなる御《おん》ほどに、いかでか、ひたみちにしかは思《おぼ》したたむ。かへ《え》りて罪《つみ》あることなり。思《おも》ひ《い》たちて、心《こころ》を起《お》こしたまふ《う》ほどは強《つよ》く思《おぼ》せど、年月経《としつきふ》れば、女《おんな》の御身《おんみ》といふ《う》もの、いとたいだいしきものにならん」とのたまへ《え》ば、

浮舟「幼《おさな》くはべりしほどより、ものをのみ思《おも》ふ《う》べきありさまにて、親《おや》なども、尼《あま》になしてや見《み》ましなどなむ思《おも》ひ《い》

う一途《いちず》に出家をお望みになられるのでしょう。出家が全《まっと》う出来なければ、かえって罪障《ざいしょう》になることです。決心して出家を思い立たれた当座は強いお気持でも、歳月が経つうちには女の御身《おんみ》というものは、まことに罪障の深い面倒なものでして」とおっしゃるのでした。

「子供の時から、物思いばかりが絶えない身の上でして、母なども、尼にしようかなどと考えたり、そう口にもなさったりしておりました。まして、少しでも分別がつくようになりましてからは、普通の人のような生活などはあきらめて、せめて後生《ごしょう》だけでも安楽にと願う気持が深うございました。命の

のたまひ《い》し。まして、すこしもの思ひ《おもい》知《し》りはべりてのちは、例《れい》の人《ひと》ざまならで、後《のち》の世《よ》をだに、と思ふ《おもう》心深《こころふか》くはべりしを、亡《な》くなるべきほどのやう《よ》やう《よ》近《ちか》くなりはべるにや、心地《ここち》のいと弱《よわ》くのみなりはべるを、なほ《お》いかで」とて、うち泣《な》きつつのたまふ《う》。

かの尼君《あまぎみ》おはし《わ》なば、かならず言ひ《いい》さまたげてんといと口惜《くちお》しくて、　浮舟

「乱《みだ》り心地《ここち》のあしかりしほどに、乱《みだ》る

なくなる時期が、次第に近づいてきたせいでしょうか、気持がひたすら弱くなるばかりなのです。やはりどうしても出家を」と言って、泣く泣くお頼みになります。

姫君は、あの尼君が初瀬からお帰りになったら、必ず反対されるにちがいない、そうなればどんなに残念だろうと思って、「こちらにまいりました時の、病気で具合の悪かった時と同じで、とても気分が苦しくてたまりません。病気が重くなってからでは、受戒も役に立たないことでしょう。やはり授戒していただくには今日が一番結構な機会だと存じます」と言って、ひどくお泣きになります。

や《よ》うにていと苦しう《くるしゅう》はべれば、重《おも》くならば、忌《い》むことかひ《い》なくやはべらん。なほ《お》今日《きょう》はうれしきをりとこそ思《おも》うたまへ《え》つれ」とて、いみじう《じゅう》泣《な》きたまへ《え》ば、聖心《ひじりごころ》にいといとほ《お》しく思ひ《おもい》て、僧都「しか思《おぼ》し急《いそ》ぐことなれば、今日《きょう》仕《つこ》うまつりてん」とのたまふ《う》に、いとうれしくなりぬ。鋏《はさみ》とりて、櫛《くし》の筥《はこ》の蓋《ふた》さし出《い》でたれば、僧都「いづら、大《だい》徳《とこ》たち、ここに」と呼《よ》ぶ。はじめ見《み》つ

僧都は悟りすました聖僧《せいそう》の気持として、実に不憫《ふびん》に感じられて、「しかしそんなにお急ぎになられるのでしたら、今日、授戒を務めさせていただきましょう」とおっしゃるので、姫君は飛び立つほど嬉《うれ》しく思いました。

姫君が鋏《はさみ》を持ってきて、櫛《くし》の筥《はこ》の蓋《ふた》を僧都にさし出しますと、僧都は、「これ、大徳《だいとこ》たち、こちらへ」と阿闍梨《あじゃり》を呼びます。この姫君が木の根方に倒れているのを、はじめに発見申し上げた弟子の二人が、一緒にお供に加わっておりましたので、呼び入れて、「御髪《みぐし》を下ろしてさし上げなさい」と言います。

「流転三界中《るてんさんがいちゅう》、恩愛不能断《おんないふのうだん》」などと、

けたてまつりし二人《ふたり》ながら供《とも》にありければ、呼《よ》び入《い》れて、僧都「御髪《みぐし》おろしたてまつれ」と言《い》ふ《う》。僧都「流転三界中《るてんさんがいちゆう》」など言《い》ふ《う》にも、断《た》ちはててしものをと思《おも》ひ《い》出《い》づるも、さすがなりけり。御髪《みぐし》も削《そ》ぎわづらひ《い》て、阿闍梨「のどやかに、尼君《あまぎみ》たちしてなほ《お》させたまへ《え》」と言《い》ふ《う》。額《ひたい》は僧都《そうず》ぞ削《そ》ぎたまふ《う》。僧都「かかる御容貌《おんかたち》やつしたまひ《い》て、悔《く》いたまふ《う》な」など、

僧都について出家の時のお経の偈《げ》を唱える時にも、姫君は自分はすでに恩愛の情などは断ち切ってしまったのにと、入水《じゅすい》の決心をした頃を思い出されるのが、何と言ってもやはり悲しいのでした。

　阿闍梨もさすがに御髪を充分には削《そ》ぎかねて、「あとでゆっくり、尼君たちに削ぎ直させて下さい」と言います。額髪《ひたいがみ》は僧都御自身がお切りになります。「こんな美しい御器量なのに剃《てい》髪《はつ》なさったことを、後悔なさいますな」などとおっしゃって、いろいろと尊い出家の教えを説いて、お聞かせになります。

　僧都たちの一行がこの家を出発して

尊《とうと》きことども説《と》き聞《き》かせたまふ《う》。

　みな人々出《ひとびとい》でしづまりぬ。

　つとめては、さすがに人《ひと》のゆるさぬことなれば、変《かわ》りたらむさま見《み》えんもいと恥《は》づかしく、髪《かみ》の裾《すそ》のには《わ》かにおぼとれたるや《よ》うに、しどけなくさへ《え》削《そ》がれたるを、むつかしきことども言《い》は《わ》でつくろは《わ》ん人《ひと》もがなと、何《なに》ごとにつけてもつつましくて、暗《くろ》うしなしておは《わ》す。

行き、静かになりました。

　翌朝は、姫君も念願を果たしたとは言え、さすがに、尼君の許さない出家を遂げてしまったので、変わりはてた出家後の尼姿を人に見られるのも、たいそう恥ずかしく思われます。髪の裾《すそ》が急に肩のあたりで、ばらばらになったようにしどけなく広がっています。不揃いに削がれている髪を、あれこれうるさく言わず、きれいに揃えてくれる人がいたらいいのにと思い、すべてに気がひけるので、部屋をわざと暗くしていらっしゃいます。

　胸に思っていることを、人にこまごまと話すようなことは、もともと不得手な御性分なのに、まして、親しく心

思《おも》ふことを人《ひと》に言《い》ひ《い》つづけん言《こと》の葉《は》は、もとよりだにはかばかしからぬ身《み》を、まいてなつかしう《しゅう》ことわるべき人《ひと》さへ《え》なければ、ただ硯《すずり》に向《む》かひ《い》て、思《おも》ひ《い》あまるをりは、手習《てならい》をのみたけきことにて書《か》きつけたまふ《う》。

なきものに身《み》をも人《ひと》をも思ひ《おもい》つつ
　捨《す》ててし世《よ》をぞさらに捨《す》てつる

「今《いま》は、かくて、限《かぎ》りつるぞかし」と書《か》きても、なほ《お》、みづからいとあは《わ》れ

を開いて打ち明け話の出来る相手さえ、ここにはおりません。思いあまる時は、ただ硯《すずり》に向かって思う事を歌にして、すさび書きにするのが、姫君には精一杯のことなのでした。

なきものに身をも人をも思ひつつ
　捨ててし世をぞさらに捨てつる

（我が身も人もこの世には、亡きものと思いあきらめ、一度は捨てはてた世を、出家して今またふたたび、捨ててしまったことよ）

「今ではこうして、すべてを終わりにしてしまったのだ」と書いてみても、やはり御自身では、身にしみて切なく感慨深く思われ、しみじみ御覧になります。

と見《み》たまふ《う》。

物詣《ものもうで》の人帰《ひとかえ》りたまひて《い》、思《おも》ひ《い》騒《さわ》ぎたまふ《う》こと限《かぎ》りなし。臥《ふ》しまろびつつ、いといみじげに思《おも》ひ《い》たまへ《え》るに、まことの親《おや》の、やがて骸《から》もなきものと思《おも》ひ《い》まどひ《い》たまひ《い》けんほど推《お》しはかるぞ、まづいと悲《かな》しかりける。

一品《いっぽん》の宮《みや》の御《おん》なやみ、げにかの弟子《でし》の言《い》ひ《い》しもしるく、いちじるきことどもありて、おこたらせたまひ《い》にけれ

初瀬にお詣りに行っていた尼君の一行が帰ってこられ、ことの次第に嘆き惑われることは、限りもありません。臥《ふ》し転《まろ》びながら身悶《みもだ》えして、いかにも悲しそうにしていられるのを見るにつけても、浮舟の君は、ほんとうの母君が、自分が姿を消したまま、亡骸《なきがら》さえないことに、悲嘆にくれていられたであろうお姿が想像されてくるのは、まず何より悲しくてならないのでした。

一品《いっぽん》の宮《みや》の御病気は、たしかにあの弟子の言っていた通りに、僧都の加持祈禱によって、さまざまな効験《ききめ》が現れて、御平癒《へいゆ》なさいましたので、人々は

ば、いよいよ尊《とうと》きものに言《い》ひののしる。

雨《あめ》など降《ふ》りてしめやかなる夜《よ》、召《め》して、夜居《よい》にさぶらは《わ》せたまふ《う》。

中宮「昔《むかし》より頼《たの》ませたまふ《う》中《なか》にも、このたびなん、いよいよ後《のち》の世《よ》もかくこそはと頼《たの》もしきことまさりぬる」などのたまは《わ》す。

僧都「いとあやしう《しゅう》、稀有《けう》のことをなん見《み》たまへ《え》し。この三月《やよい》に、年老《としお》いて

僧都のことを、ますます験力《げんりき》の高いお方だと評しています。

雨などが降って静かなある夜、中宮は僧都をお召しになられて、夜居《よい》の祈禱をおさせになります。

「昔から僧都を頼りにはしていましたが、とりわけ今度こそは、ますます来世も僧都の祈禱の力によって、同じように救われるだろうと、頼もしさがいっそう強くなりました」などと仰せになります。

僧都は、「ところで、まことに奇怪《きっかい》な、めったにない珍しい出来事を経験いたしました。この三月のことでございます。年をとっております拙僧《せっそう》の母が、願《がん》があって初瀬に参詣いたしまし

はべる母《はは》の、願《がん》ありて初瀬《はつせ》に詣《もう》でてはべりし、帰《かえ》さの中宿《なかやどり》に、宇治院《うじのいん》といひ《い》はべる所《ところ》にまかり宿《やど》りしを、かくのごと、人住《ひとす》まで年経《としへ》ぬるおほ《お》きなる所《ところ》は、よからぬ物《もの》かならず通《かよい》ひ住《す》みて、重《おも》き病者《びょうざ》のためあしきことどもやと思《おも》ひ《い》たまへ《え》しもしるく」とて、かの見《み》つけたりしことどもを語《かた》りきこえたまふ《う》。

中宮「げにいとめづらかなることか

た。その帰りの中宿りに宇治の院と申すところに立ち寄ったのでございます。あのような長年人も住まずにいた大きな邸《やしき》には、たちの悪い悪霊《あくりょう》が必ず出入りして住みつき、重い病人のためには具合の悪いことが、いろいろ起こるのではないかと案じておりましたところ、はたして案《あん》の定《じょう》」と言って、あの時見つけた女のことを、あれこれとお話し申し上げました。

中宮は、「ほんとうに何と珍しいお話ですこと」と、おっしゃるものの、恐ろしくお思いになられて、お側近くにひかえている女房たちが、皆寝入っているのをお起こしになられます。薫《かおる》の大将と懇《ねんご》ろになっている小宰相《こさいしょう》の君

な」とて、近《ちか》くさぶらふ《う》人々《ひとびと》みな寝入《ねい》りたるを、恐《おそ》ろしく思《おぼ》されて、おどろかさせたまふ《う》。大将《だいしょう》の語《かた》らひ《い》たまふ《う》宰《さい》相《しょう》の君《きみ》しも、このことを聞《き》きけり。

僧都「その女人《にょにん》、このたびまかり出《い》ではべりつるたよりに、小野《おの》にはべりつる尼《あま》どもあひ《い》訪《と》ひ《い》はべらんとてまかり寄《よ》りたりしに、泣《な》く泣《な》く、出家《すけ》の本意《ほい》深《ふか》きよし、ねむごろに語《かた》らひ《い》はべりしかば、頭《かしら》おろしはべりにき。げにぞ、

が、ひとり起きていて、たまたまこの話を聞いたのでした。

「ところでその女人《にょにん》のことですが、この度拙僧が山を下りましたついでに、小野に住んでおります母や妹の尼たちの様子を見舞いがてら、そちらへ立ち寄りましたところが、その女人がそこに引き取られておりまして、出家の意志が深いことを、拙僧に泣く泣く真剣に訴えましたので、髪をおろしてやりました。その女人はいかにも器量はまことに端麗《たんれい》で、この上なく気品のある美貌《びぼう》でございます。尼としての勤行《つとめ》でやつれるのが可哀そうにさえ見えました。どういう素性の人だったのでございましょうか」と、話好きな僧都なの

容貌《かたち》はいとうるはしくけうらにて、行《おこな》ひ《い》やつれんもいとほしげになむはべり《わきょう》し。何人《なにびと》にかはべりけん」と、ものよく言《い》ふ《う》僧都《そうず》にて、語《かた》りつづけ申《もう》したまへ《え》ば

そのころかのわたりに消《き》え失《う》せにけむ人《ひと》を思《おぼ》し出《い》づ。この御前《おまえ》なる人《ひと》も、姉君《あねぎみ》の伝《つたえ》へに、あやしくて亡《う》せたる人《ひと》とは聞《き》きおきたれば、それにやあらんとは思《おもい》ひけれど、定《さだ》めなきことなり、

で、それからそれへと話しつづけて申し上げます。

中宮はふと、この話と同じ頃、あの宇治のあたりで姿を消してしまったという女のことをお思い出しになります。お側にいる小宰相の君も、その姉君からの伝え聞きで、不思議な有り様で姿を消した人のことは耳にしていましたので、僧都の話の人は、もしやその女ではないかと思いましたが、たしかな証拠もないことだし、ほかの人にも話しません。

中宮は、「あの人のことかもしれない。薫の大将に聞かせたいけれど」と小宰相の君に仰せられましたが、その女も僧都も隠していることを、はっき

人《ひと》にも語《かた》らず。

宮《みや》は、「それにもこそあれ。大将《だいしよう》に聞《き》かせばや」と、この人《ひと》にぞのたまはすれど、いづ方《かた》にも隠《かく》すべきことを、定《さだ》めてさならむとも知《し》らずながら、恥《は》づかしげなる人《ひと》に、うち出《い》でのたまはせむもつつましく思《おぼ》して、やみにけり。

年《とし》も返《かえ》りぬ。春《はる》のしるしも見《み》えず、凍《こお》りわたれる水《みず》の音《おと》せぬさへ心細《こころぼそ》く

りそうと判《わか》らないままに、あの気のおける薫の大将にお打ち明けになるのも遠慮されて、そのままになったのでした。

年も改まりました。春のきざしも見えず、一面に凍りついた川水が、流れる水音さえたてなくなったことまでが

て、「君《きみ》にぞまどふ《う》」とのたまひし人《ひと》は、心憂《こころう》しと思《おもい》ひはてにたれど、なほ《お》そのをりなどのことは忘《わす》れず。

大尼君《おおあまぎみ》の孫《むまご》の紀伊守《きのかみ》なりけるが、このころ上《のぼ》りて来《き》たり。三十《みそじ》ばかりにて、容貌《かたち》きよげに誇《ほこ》りかなるさましたり。

紀伊守「まかり上《のぼ》りて日《ひ》ごろになりはべりぬるを、公事《おおやけごと》のいとしげく、むつかしう《しゅう》のみはべるにかかづらひ《い》てな

心細く、「君にぞまどふ」とおっしゃった匂宮《におうのみや》のことは、もう厭《いや》だとすっかり考えないようにしているものの、やはりその頃の思い出は忘れられないのでした。

その頃、大尼君の孫で紀伊《き》の守《かみ》だった人が、上京していて、訪れました。三十歳ぐらいで、容貌も美しく、得意そうな態度をしています。

紀伊の守が「わたしが上京しましてから、かなり日数も過ぎてしまいましたが、公務がたいそう忙しく、難儀な用件ばかりで、それにかまけてしまいまして。昨日もお伺いするつもりでおりましたのに、薫の大将が宇治にお出かけになったお供をお務めして参りま

ん。昨日《きのう》も、さぶらはんと思《おも》ひたまへ《え》しを、右大将殿《うだいしょうどの》の宇治《うじ》におはせ《わ》し御供《おんとも》に仕《つこ》うまつりて、故八《こはち》の宮《みや》の住《す》みたまひ《い》し所《ところ》におはし《わ》て、日暮《ひく》らしたまひ《い》し。

故宮《こみや》の御《おん》むすめに通《かよ》ひたまひ《い》しを、まづ一《ひと》ところは一年《ひととせ》亡せたまひ《い》にき。その御妹《おんおとうと》、また忍《しの》びて据《す》ゑ《え》たてまつりたまへ《え》りけるを、去年《こぞ》の春《はる》また亡《う》せたまひ《い》にければ、その御《おん》はてのわざせ

した。大将は故八の宮のお住まいだったところにいらっしゃって、終日お過しになりました。

大将は故八の宮の御娘にお通いになっていらっしゃいましたが、まずそのお一方の姫君は、先年お亡くなりになりました。その御妹君を、またひそかにそこにお囲いになっていらっしゃいましたのに、昨年の春、このお方もお亡くなりになられました。そのお方の一周忌の法要をあそばすについて、あの山の寺の律師《りっし》に法要を取りはからうようお命じになられたのです。わたしも、そのため女の装束《しょうぞく》一揃いを調達しなければなりません。それをこちらでしていただけないでしょうか。必要な

させたまは《わ》んこと、かの寺《てら》の律師《りし》になん、さるべきことのたまは《わ》せて、なにがしも、かの女《おんな》の装束一領《そうぞくひとくだり》調《ちょう》じはべるべきを、せさせたまひ《い》てんや。織《お》らすべきものは、急《いそ》ぎせさせはべりなん」と言《い》ふ《う》を聞《き》くに、いかでかはあは《わ》れならざらむ。人《ひと》やあやしと見《み》むとつつましう《しゅう》て、奥《おく》にむかひ《い》てゐ《い》たまへ《え》り。とどこほ《お》ることなく語《かた》りおきて出《い》でぬ。


織物は、急いで織らせることにしましょう」と言います。

それを聞いた浮舟の君は、どうして、心が掻《か》き乱されずにおられましょう。動揺した自分を見て、人が変に思うかもしれないと気がひけて、奥のほうに顔をそむけて坐っていらっしゃいます。

紀伊の守は、よどみもなく喋りつづけておいて、帰って行きました。

忘《わす》れたまは《わ》ぬにこそはとあは《わ》れと思《おも》ふ《う》にも、いとど母君《ははぎみ》の御心《みこころ》の中《うち》推《お》しはからるれど、なかなか言《い》ふ《う》かひ《い》なきさまを見《み》え聞《き》こえたてまつらむは、なほ《お》、いとつつましくぞありける。

かの人《ひと》の言《い》ひ《い》つけしことなど、染《そ》めいそぐを見《み》るにつけても、あやしう《しゅう》めづらかなる心地《ここち》すれど、かけても言《い》ひ《い》出《い》でられず。

裁《た》ち縫《ぬ》ひ《い》などするを、妹尼「これ御《ご》

「薫の君はわたしのことを、お忘れになってはいらっしゃらないのだ」と、浮舟の君は悲しくも辛《つら》くもお思いになるにつけ、いよいよ母君のお心の悲しさが思いやられます。今更、かえってこんな何の甲斐もない尼姿をお見せしたりお耳に入れたりするのは、やはり何としても気がひけるのでした。

あの紀伊の守が頼んでいった衣裳などを、急いで尼たちが染める用意をしているのを見るにつけても、自分の一周忌の法事のお布施《ふせ》の衣裳を、自分のところで支度しているとはと、こんなことはあり得ない奇怪なことだと思われます。けれどもそれを決して口に出したりは出来ません。

覧《らん》じ入《い》れよ。ものをいとうつくしう《しゅう》ひねらせたまへ《え》ば」とて、小袿《こうちき》の単衣《ひとえ》奉《たてまつ》るを、うたておぼゆれば、心地《ここち》あしとて手《て》も触《ふ》れず臥《ふ》したまへ《え》り。

大将《だいしょう》は、このはてのわざなどせさせたまひ《い》て、はかなくてもやみぬるかなとあはれ《わ》に思《おぼ》す。

雨《あめ》など降《ふ》りてしめやかなる夜《よ》、后《きさい》の宮《みや》に参《まい》りたまへ《え》り。

小宰相《こさいしょう》に、忍《しの》びて、中宮「大将《だいしょう》、か

裁《た》ったり縫ったりしているものを、尼君が、「これをお手伝い下さいな。あなたはほんとうに縁《へり》など御器用になさるから」と言い、小袿《こうちき》の単衣《ひとえ》を姫君にお渡しします。これが自分の法事のお布施の衣裳と思えば、何とも言えずいたたまれない気になって、気分が悪いからとことわり、それには手も触れずに、臥《ふ》せっていらっしゃいました。

薫の大将は、女君の一周忌の法要などをなさいまして、何というはかない縁で終ってしまったことかと、しみじみ悲しくお思いになります。

雨など降ってしんみりしたある夜、大将は明石の中宮の御許に参上なさいました。

の人《ひと》のことを、いとあはれ《わ》と思《おも》ひてのたまひしに、いとほしうてうち出《い》でつべかりしかど、それにもあらざらむものゆゑ《え》とつつましう《しゅう》てなん。君《きみ》ぞ、ことごと聞《き》きあはせ《わ》ける。かたはなら《わ》むことは、とり隠《かく》して、さることなんありけると、おほ《お》かたの物語《ものがたり》のついでに、僧都《そうず》の言《い》ひしこと語《かた》れ」とのたまはす《わ》。

小宰相「御前《おまえ》にだにつつませたまはむ《わ》

中宮は、小宰相にそっと、「薫の大将は、あの女《ひと》のことを、とてもあわれんで切なそうに話されるので、可哀そうになってつい僧都の話を打ち明けてしまいそうだったけれど、もしその人のことでなかったらと気がひけて、そのまま言わずにおきました。でもあなたは何もかも聞いていたでしょう。都合の悪いことは伏せておいて、こういうことがあったそうなと、一般的な世間話のついでにして、僧都の言ったことを、話してお上げなさい」と仰せになります。

小宰相は、「中宮さまさえ御遠慮あそばすようなことを、ましてほかの者が、どうして話せましょう」と申し上

ことを、まして別人《ことひと》はいかでか」と聞《き》こえさすれど、中宮「さまざまなることにこそ。また、まろはいとほしき《お》ことぞあるや」とのたまはす《わ》るも、心得《こころえ》て、をかしと見《み》たてまつる。

立《た》ち寄《よ》りて物語《ものがたり》などしたまふ《う》ついでに、言《い》ひ《い》出《い》でたり。めづらかにあやしと、いかでか驚《おどろ》かれたまはざ《わ》らむ。

この人《ひと》にも、さなむありしなど明《あ》かしたまはん《わ》ことは、なほ《お》口重《くちおも》き心地《ここち》し

げますが、中宮は、「それは時と場合によります。それに、わたしの口からでは、気の毒な事情もあるので」と仰せられますので、小宰相はその事情を心得て、中宮のお心遣いを興深く感じます。

そうしたある日、薫の君が局《つぼね》へ立ち寄って話などなさるついでに、小宰相はその話を切り出しました。薫の君は、何という珍しい不思議なことだと、どうして驚かれない筈《はず》がありましょう。

小宰相にも、実はこうだったのだなどと打ち明けるようなことは、やはり口にしにくい気がして、「それにしても、姿の消し方を不思議だと思ってい

て、薫「なほ《お》、あやしと思《おも》ひし人《ひと》のことに、似《に》てもありける人《ひと》のありさまかな。さて、その人《ひと》はなほ《お》あらんや」とのたまへ《え》ば、
小宰相「かの僧都《そうず》の山《やま》より出《い》でし日《ひ》なむ、尼《あま》になしつる。いみじうわづらひ《い》しほどにも、見《み》る人惜《ひとお》しみてせさせざりしを、正身《そうじみ》の本意《ほい》深《ふか》きよしを言《い》ひ《い》てなりぬるとこそはべるなりしか」と言《い》ふ《う》。所《ところ》も変《かわ》らず、そのころのありさま

た女のことに、よく似たその人の身の上だね。ところで、その人は今まだ生きているのだろうか」とおっしゃいます。

　小宰相は、「あの僧都が山から出られた日に、尼にしたそうですよ。病気でたいそう衰弱《すいじゃく》していた時でも、世話をする人が惜しんで出家させなかったのに、本人の出家の意志がかねてから固いというので、そうなってしまったということでした」と言います。ところも同じ宇治だし、あの頃の事情と照らし合わせてみても、全て思い当たることばかりです。

と思《おも》ひあはするに違《たが》ふふしなければ御気色《みけしき》のゆかしければ、大宮《おおみや》に、さるべきついでつくり出《い》でてぞ啓《けい》したまふ。

薫「あさましうて失《うしな》ひはべりぬと思《おも》ひたまへし人《ひと》、世《よ》に落《お》ちあぶれてあるやうに、人《ひと》のまねびはべりしかな。いかでかさることは<< はべらんと思《おも》ひたまふれど、心《こころ》とおどろおどろしう《しゅう》もて離《はな》るることははべらずやと、思《おも》ひわたりは

中宮のほんとうのお気持も知りたいので、しかるべきついでを作ってお話し申し上げるのでした。

「驚くほど情けない状態で死なせてしまった、と思っておりました女が、この世に落ちぶれて生きているとか、人が教えてくれました。まさか、どうしてそんなことがあろうかと、思いました。自分で身を投げるなどという恐ろしいことをしてまで、わたしから離れてゆくことは、よもやあるまいと常々考えていました女の性質でしたので。しかし、人の話の様子からしますと、そういうこともあるかもしれないと、その女にふさわしい話にも考えられて

べる人《ひと》のありさまにはべれば、人《ひと》の語《かた》りはべりしやう《よ》にては、さるやう《よ》もやはべらむと、似《に》つかは《わ》しく思《おもい》ひたまへ《え》らるる」とて、いますこし聞《き》こえ出《い》でたまふ《う》。

宮《みや》の御事《おんこと》を、いと恥《は》づかしげに、さすがに恨《うら》みたるさまには言《い》ひ《い》なしたまは《わ》で、薫「かのこと、またさなんと聞《き》きつけたまへ《え》らば、かたくなにすきずきしう《しゅう》も思《おぼ》されぬべし。さらに、さて

きます」と言って、もう少しこと細かく当時のことをお話し申し上げます。

匂宮の御事は、いかにも御遠慮した態度で、しかしながら恨みがましい言い方にならぬよう気をつけて、「匂宮がこのことを、またこうこうだとお聞きつけになられましたら、このわたしを、きっとまた執念深く好色《すき》がましいとお思いになることでしょう。それで、その女がそうして生きていることを、わたしは全く知らないことにして

ありけりとも、知《し》らず顔《がお》にて過《す》ぐしはべりなん」と啓《けい》したまへ《え》ば、中宮「僧都の語りしに、いとものの恐《おそ》ろしかりし夜《よ》のことにて、耳《みみ》もとどめざりしことにこそ。宮《みや》はいかでか聞《き》きたまはむ。聞《き》こえん方《かた》なかりける御心《みこころ》のほどかなと聞《き》けば、まして聞《き》きつけたまはんこそ、いと苦《くる》しかるべけれ。かかる筋《すじ》につけて、いと軽《かろ》くうきものにのみ世《よ》に知《し》られたまひ《い》ぬめれば、心憂《こころう》

過すつもりです」と申し上げますと、中宮は、「僧都が話してくれましたが、なんとも気味の悪い夜だったものですから、わたくしも注意して聞きもしなかったのです。匂宮がどうしてそのことを聞いていられましょう。匂宮はあの件では聞くところによるとお話にもならぬひどい御料簡《りょうけん》だったと聞いていますから、ましてそんなことが今、お耳にでも入ったら、たことになるでしょう。そういう色恋沙汰では、全く御身分もわきまえず、軽々しくて、仕様のない人と世間に思われているので、情けないことです」などと仰せになります。

くなむ」とのたまはす《わ》。

いと重《おも》き御心《みこころ》なれば、かならずしも、うちとけ世語《よがたり》にても、人《ひと》の忍《しの》びて啓《けい》しけんことを漏《も》らさせたまはじ《わ》など思《おぼ》す。

住《す》むらん山里《やまざと》はいづこにかあらむ、いかにして、さまあしからず尋《たず》ね寄《よ》らむ、僧都《そうず》にあひて《い》こそは、たしかなるありさまも聞《き》きあはせ《わ》などして、ともかくも問《と》ふ《う》べかめれ、など、ただ、こ

中宮はなかなか慎重な御性格なので、きっと、どんなに気を許された世間話であっても、人がひそかに申し上げたようなことをお洩《も》らしあそばさないだろう、などと、薫の君はお考えになります。

「その女の住んでいる山里とはどこなのだろうか。どうしたら体裁《ていさい》の悪くないように探しに行けるだろう。僧都に会ってたしかな事情なども聞き合わせなどして、ともかくもまず訪ねてみることだ」などと、ただこのことばかりを、寝ても覚めてもお考えになっていらっしゃいます。

のことを起《お》き臥《ふ》し思《おぼ》す。月《つき》ごとの八日《ようか》は、かならず尊《とうと》きわざせさせたまへ《え》ば、薬師仏《やくしぼとけ》に寄《よ》せたてまつるにもてなしたまへ《え》るたよりに、中《ちゅう》堂《どう》には、時々参《ときどきまい》りたまひ《い》けり。それより、やがて横川《よかわ》におはせ《わ》んと思《おぼ》して、かのせうと《しょう》の童《わらわ》なる率《い》ておはす《わ》。その人々《ひとびと》には、とみに知《し》らせじ、ありさまにぞ従《したが》はんと思《おぼ》せど、うち見《み》む夢《ゆめ》の心《ここ》地《ち》にも、あはれ《わ》をも加《くわ》へ《え》むとにやあり

薫の君は、毎月八日には、必ず仏事を営んでいられたので、薬師如来《やくしにょらい》に供養の品を寄進《きしん》申し上げなさるため、時々比叡山の根本中堂《こんぽんちゅうどう》へお出かけになります。そのついでに、横川《よかわ》へ回ってみようと思いつかれて、女君の弟の、まだ童《わらわ》なのを連れておいでになりました。その家族たちには、女の生きていることを急いで知らせることはあるまい、様子を見てからにしようとお考えになられましたが、それでもいきなり再会した時は、夢のような気持になるだろうから、その上に感動を深くしようとのおつもりで、弟を連れて行かれたのでしょうか。

けん。
さすがに、その人《ひと》とは見《み》つけながら、あやしきさまに、容貌《かたち》ことなる人《ひと》の中《なか》にて、うきことを聞《き》きつけたらんこそいみじかるべけれと、よろづに道《みち》すがら思《おぼ》し乱《みだ》れけるにや。

そうは言ってもやはりその人とわかったところで、もし、あまり見苦しい姿をした尼たちと一緒に暮していて、そこでまた、ほかに男でも通わせているようないやな話でも耳にしたら、どんなに情けない思いをするだろうかと、何かにつけて、道すがらも、いろいろ心が乱れ騒いでいらっしゃったことでしょうか。

「そのころ横川に、なにがし僧都とかいひて、いと尊き人住みけり」

「手習」の冒頭は、こんな思いがけない人の出現で始まる。横川《よかわ》の僧都《そうず》といえば、当時、比叡山《ひえいざん》横川の恵心院《えしんいん》に住み、「往生要集《おうじょうようしゅう》」を著《あら》わした源信《げんしん》を、人々は横川の僧都と呼んで尊崇《そんすう》していた。つまり歴史的実在の人物がいたのである。当時の読者なら、思わずその人を連想した筈《はず》だ。紫式部はよくモデルらしい人の実名を作中に使うことがあった。それによって物語に真実らしい雰囲気を持たせたのであろう。

この帖は行方不明になった浮舟《うきふね》が、実は投身自殺が未遂《みすい》に終り、生きていて、横川の僧都に助けられ、ついには僧都を戒師として、出家する話が書かれている。横川の僧都には八十過ぎた老母と、五十歳くらいの妹がいて、二人とも尼になって小野に住んでいた。二人が長谷観音《はせかんのん》へ参詣した帰途《きと》、母の老尼が急病になり、宇治《うじ》にある故朱雀院《こすざくいん》の領地の宇治の院に、つてを求めて中宿《なかやど》りした。僧都は母の病の重態との報せに、山を下り、宇治に赴《おもむ》き、老母の加持祈禱《かじきとう》をしていた。

旧《ふる》い院にはよく物の怪《もけ》などが住みついているので、僧都の弟子の僧が庭を呪《まじな》いをしながら廻っていると、大木の根もとに何やら怪しい白いものがひろがっている。恐る恐る灯をさしよせて見ると、黒髪の美しい若い女がただ激しく泣いていた。行方不明になった浮舟その人であるが、誰も知らない。妹尼は、自分の亡くなった娘の身代わりとして初瀬の観音さまがさずけて下さったと思い喜ぶ。やがて僧都の加持で老尼の体も回復したので、妹尼は浮舟もつれて小野の里の庵《いおり》に帰った。

浮舟は完全に記憶喪失症になっていて、自分が誰でどこにいたかさえも思い出せない。意識は朦朧《もうろう》として呆《ほう》けたようになっている。衣裳や薫《た》きしめた芳《かぐわ》しい香《こう》の匂いから、高貴の姫君なら面倒だと思い、妹尼は供人《ともびと》にも固く口止めしていた。浮舟の容体が悪くなる一方なので、妹尼に請《こ》われて僧都が山を下り、弟子の阿闍梨《あじゃり》と必死の加持祈禱をした。その効験《こうけん》で、物の怪が調伏《ちょうぶく》され、浮舟ははじめて意識を回復した。失踪《しっそう》以来数ヵ月が過ぎた夏のころだった。

気がついて見廻すと、見知らぬ法師や尼たちが自分を覗《のぞ》きこんでいるので、自分が入水《じゅすい》しそこなってまだ生きているのだとわかった。名も住まいもやはり覚えていない。ただ根《こん》をつめて記憶をたどってみると、何でも死にたい、死なねばならぬとばかり思いつめていた記憶がかすかによみがえる。ある夜、女房たちの寝静まった後でひとり縁側に出た時、風が強く川音がごうごうとしているので恐ろしくなり、立ちすくんでいると、美しい男がこちらへ来いと招き、自分を抱いてくれた。匂宮《におうのみや》だと思った時から意識を失っていったらしい。後は何も覚えていなかった。

女は泣いてただ出家させて下さいと言うばかりなので、僧都は女の頭の頂《いただき》の髪だけを少し削《そ》ぎ、五戒《ごかい》（在家の信者の受ける戒律）だけを授《さず》けた。秋、たまたま妹尼の亡き娘の婿《むこ》だった中将が訪ねてきて、浮舟を垣間見《かいまみ》て見そめ、しつこく求婚してくる。尼君も大乗り気でしきりにすすめる。浮舟はわずらわしいだけで相手にしない。このうるささから抜け出すためにも出家への願望が強くなる。

尼君が初瀬に、浮舟を娘の身代わりに与えてくれたお礼詣りに出かける。浮舟は誘われたが気分が悪いと言って断った。たまたまそこへ僧都が、女一の宮の病気の加持を、明石《あかし》の中宮《ちゆうぐう》に請われて下山する。その途中、小野の庵を見舞った。浮舟は僧都に出家をさせてほしいと、頼みこむ。そのあまりの熱心さにひかされて、僧都はその場で浮舟の得度式《とくどしき》をとり行ってしまう。自分が導師《どうし》になり、弟子の阿闍梨に命じて浮舟の髪を切らせる。帰庵した尼君は仰天《ぎようてん》し、落胆《らくたん》するがもはやどうしようもない。兄の僧都を怨《うら》むが、浮舟自身は晴れやかになっている。

山の座主《ざす》も治せなかった女一の宮の病気は、僧都の祈禱で回復した。しかしまだ不安だというので僧都はその後しばらく宮中に引き留められていた。その間に、僧都は明石の中宮に、浮舟を発見して以来の一部始終を話した。その場にたまたま薫《かおる》の情人の小宰《こさい》相《しょう》もいて聞いた。中宮も小宰相も、その女が薫の囲っていた失踪した女ではないかと思い当る。この情報が薫の耳に達するのは、もう必然である。

年が明け、浮舟は日々静かに勤行《ごんぎょう》しながら、終日、手習いをしている。心に思うことを筆に托《たく》して思い浮かぶままに歌につくったり、古歌に托してすずろ書きすることを手習いという。手習いの歌に昔の男や母への思いがあらわれることもある。出家したからといって、一挙にすべての現世の執着が断ち切れるものではない。しかしそれもやがて日と共に薄くなるだろうという予感と期待はある。そんな時、薫の囲っていた宇治の女の一周忌のため、女の装束を急いで縫ってほしいと持ちこまれた。尼たちはそれを縫うのに大童《おおわらわ》で、浮舟にも手伝えと言う。浮舟はこの思いがけない仕事をさすがに自分でする気にはなれない。

浮舟の一周忌が過ぎた頃、明石の中宮にすすめられて、小宰相が薫に浮舟の生存していること、出家していることを告げる。薫は匂宮もそのことを知っているかと不安がるが、中宮は匂宮には知らせていないときっぱりと言う。薫はそれ以来寝ても覚めても浮舟のことを思いつづけ、とにかく横川の僧都に会って、直接確かめようとする。

# 夢浮橋《ゆめのうきはし》

山《やま》におはして、例《れい》せさせたまふやう《よう》に、経《きょう》、仏《ほとけ》など供養《くよう》ぜさせたまふ《う》。またの日《ひ》は、横川《よかわ》におはしたれ《わ》ば、僧都《そうず》驚《おどろ》きかしこまりきこえたまふ《う》。年《とし》ごろ、御祈禱《おんいのり》などつけ語《かた》らひ《い》たまひ《い》けれど、ことにいと親《した》しきことはなかりけるを、

薫（二十八歳）

薫《かおる》の大将《たいしょう》は、比叡山《ひえいざん》においでになって、いつもそうなさるように、経典や仏像の供養《くよう》をおさせになります。その翌日は、横川《よかわ》においでになりましたので、僧都《そうず》は驚いて恐縮なさいます。長い年月、御祈禱《ごきとう》などのことで僧都に御相談されることはあったものの、それほど特に親しいという間柄ではなかったのです。

ところがこの度、一品《いっぽん》の宮《みや》の御病気にあたって、僧都が奉仕して御祈禱を

このたび一品《いっぽん》の宮《みや》の御心地《みここち》のほどにさぶらひ《い》たまへ《え》るに、すぐれたまへ《え》る験《げん》ものしたまひ《い》けりと見《み》たまひ《い》てより、こよな《の》う尊《とうと》びたまひ《い》て、いますこし深《ふか》き契《ちぎ》り加《くわ》へ《え》たまひ《い》てければ、重々《おもおも》しくおは《わ》する殿《との》の、かくわざとおは《わ》しましたることと、もて騒《さわ》ぎきこえたまふ《う》。御物語《おんものがたり》などこまやかにしておは《わ》すれば、御湯《おんゆ》漬《づけ》などまゐ《い》りたまふ《う》。すこし人々《ひとびと》しづまりぬるに、薫「小《お》

なさり、何ともすばらしい験力《げんりき》をあらわされたのを、目《ま》のあたりに御覧になってからは、薫の大将は僧都をこの上なく尊敬なさって、これまでよりはもう少し、深い仏縁を結んでいらっしゃいました。

僧都は、重々しい地位の薫の大将が、こうしてわざわざお越しになられたとはと、大騒ぎでおもてなしになります。心をこめてあれこれと世間話などしていらっしゃるので、お湯漬けなどをさし上げます。

供人《ともびと》などの騒がしいのが少しおさまったところで、薫の大将が、「小野《おの》のあたりに、お持ちの家がございますか」とお尋ねになりますと、

野《の》のわたりに知《し》りたまへ《え》る宿《やどり》やはべる」と問《と》ひ《い》たまへ《え》ば、

僧都「しかはべり。いと異様《ことよう》なる所《ところ》になむ。なにがしが母《はは》なる朽尼《くちあま》のはべるを、京《きょう》にははかばかしからぬ住《す》み処《か》もはべらぬうちに、かくて籠《こも》りはべる間《あいだ》は、夜半《よなか》、暁《あかつき》にもあひ《い》とぶらは《わ》むと思《おも》ひ《い》たまへ《え》おきてはべる」など申《もう》したまふ《う》。

薫「そのわたりには、ただ近《ちか》きころほ《お》ひ《い》まで、人多《ひとおお》う住《す》みはべりけるを、今《いま》

僧都は、「はい、仰せの通りでございます。まことに粗末《そまつ》な家でして、拙《せつ》僧《そう》の母のたいそう老いぼれた尼が住んでいます。京にきちんとしたこれという住家《すみか》もございません上、こうして拙僧が山籠《やまごも》りをしております間は、急変があれば夜なかでも早朝でも、すぐ見舞ってやろうと、考えているのでございます」などと、申し上げます。

大将は、「あのあたりは、つい近ごろまでは、人がたくさん住んでいたようですが、今は住む人もめっきり少なく淋しくなってゆくようですね」などとおっしゃって、また少し僧都のほうに膝をすすめて、声をひそめて、

「実はまことに好色めいた気持もしま

は、いとかすかにこそなりゆくめれ」などのたまひて、いますこし近《ちこ》う居《ゐ》寄りて、忍《しの》びやかに、

薫「いと浮《う》きたる心地《ここち》もしはべる、また、尋《たず》ねきこえむにつけては、いかなりけることにかと心得《こころえ》ず思《おぼ》されぬべきに、かたがた憚《はばか》られはべれど、かの山《やま》里《ざと》に、知《し》るべき人《ひと》の隠《かく》ろへてはべるやうに聞《き》きはべりしを、たしかにてこそは、いかなるさまにてなども漏《も》らしき

すし、いろいろお尋ねしますと、どのようないきさつのことなのかと御不審を持たれそうなので、何かと遠慮されるのですが、あの小野の山里に、昔、わたしが世話をしなければならなかった者が、身を隠しているように聞きました。その話が間違いないとはっきりしたら、どういう事情だったかもお話ししようなどと考えている間に、その者は僧都の仏弟子《ぶつでし》になって、戒《かい》などもお授けいただいたと、耳にしたのですが、それはほんとうでございますか。まだ年も若く、親なども生きている者でしたので、わたしがその人を死なせたように、言いがかりをつける者もおりまして」などと、おっしゃいます。

こえめ、など思《おもい》ひたまふ《う》るほどに、御《み》弟子《でし》になりて、忌《い》むことなど授《さず》けたまひ《い》てけりと聞《き》きはべるは、まことか。まだ年《とし》も若《わか》く、親《おや》などもありし人《ひと》なれば、ここに失《うしな》ひたるやう《よ》に、かことかくる人《ひと》なんはべるを」などのたまふ《う》。僧都《そうず》、さればよ、ただ人《びと》と見《み》えざりし人《ひと》のさまぞかし、かくまでのたまふ《う》は、軽々《かろがろ》しくは思《おぼ》されざりける人《ひと》にこそあめれ、と思《おも》ふ《う》に、法師《ほうし》といひ《い》ながら

僧都は、「やっぱりそうだったか。どうもただの人間ではないように思われる、いわくありげな様子だった。こうまで大将が仰せになるのは、軽々しくはお思いでなかった女なのだろう」と思うと、自分が法師《ほうし》だとはいえ、深くも考えずすぐ剃髪《ていはつ》させてしまったものだと、胸もつぶれる思いで、どうお返事を申し上げてよいやら、思案にくれています。

ら、心《こころ》もなく、たちまちにかたちをやつしてけること、と胸《むね》つぶれて、答《いらえ》へきこえむやう思《よ》ひまはさる《わ》。むげに亡《な》き人《ひと》と思《おも》ひはてにし人《ひと》を、さは、まことにあるにこそはと思《おぼ》すほど、夢《ゆめ》の心地《ここち》してあさましければ、つつみもあへず涙《なみだ》ぐまれたまひぬるを《え》、僧都《そうず》の恥《は》づかしげなるに、かくまで見《み》ゆべきことかはと思《おも》ひ返《かえ》して、つれなくもてなしたまへど《え》

それにしても全く死んでしまったとばかりあきらめていた人が、それではほんとうに生きていたのかとお思いになると、まるで夢のような気持がして、あまりの思いがけなさに呆然《ぼうぜん》とするばかりで、隠しようもなく涙ぐまれますのを、こちらが恥ずかしいほどおごそかな僧都の手前、こんなに取り乱しているところを見せてはならないと思い直して、さり気ないふりをなさいます。

かの御兄弟《おんしようと》の童《わらわ》、御供《おんとも》に率《い》ておはしたりけり。ことはらからどもよりは、容貌《かたち》もきよげなるを呼《よ》び出《い》でたまひて、薫「これなむその人《ひと》の近《ちか》きゆかりなるを、これをかつがつものせん。御《おん》文一行《ふみひとくだり》賜へ《たまえ》。その人《ひと》とはなくて、ただ、尋《たず》ねきこゆる人《ひと》なむあるとばかりの心《こころ》を知《し》らせたまへ《え》」とのたまへ《え》ば、僧都「なにがし、このしるべにて、かならず罪得《つみえ》はべりなん。事《こと》のありさま

薫の大将はその時、女君の弟の少年をお供としてお連れになっていらっしゃいました。この少年はほかの兄弟よりは器量も美しいのでした。その弟を側にお呼び出しになって、「この者が、あの人の近親の者なのですが、これを使いにやりましょう。僧都のお手紙を一筆お願いいたします。誰それとは言わず、ただ探している者がいるということだけをお伝え下さい」とおっしゃるので、

僧都は、「拙僧が、その御案内をいたしましてはきっと罪障《ざいしよう》をつくることになるでしょう。事のいきさつはすっかりお話し申し上げました。この上は御自身でお訪ねなさいまして、どうあ

はくは《わ》しくとり申《もう》しつ。今《いま》は、御《おん》みづから立《た》ち寄《よ》らせたまひ《い》て、あるべからむことはものせさせたまは《わ》むに、何《なに》の咎《とが》かはべらむ」と申したまへ《え》ば中宿《なかやどり》もいとよかりぬべけれど、うは《わ》の空《そら》にてものしたらんこそ、なほ《お》便《び》なかるべけれ、と思《おも》ひ《い》わづらひ《い》て帰《かえ》りたまふ《う》に、この兄弟《しょうと》の童《わらわ》を、僧都《そうず》、目《め》とめてほめたまふ《う》。薫「これにつけて、まづほのめかしたまへ《え》」と聞《き》こえたま

そばそうと、何の差し支えがございましょう」と申し上げます。

薫の大将は、帰りの途中、小野に立ち寄り、中休みの宿となさるのも都合のいいことだからとお思いになりますが、まだ事情がはっきりしないまま訪ねて行くのは、やはり具合が悪いだろうと、思い悩んでお帰りになろうとなさいます。

その時、この弟の少年に僧都が目をつけて、おほめになりました。大将が、「この子に託《たく》して、とりあえず僧都のお手紙で事情をそれとなくほのめかして下さい」と申し上げますと、僧都は手紙を書いて少年にお与えになります。

へば、文書《ふみか》きてとらせたまふ。《う》

小野《おの》には、いと深《ふか》く茂《しげ》りたる青葉《あおば》の山《やま》に向《む》かひて《い》、紛《まぎ》るることなく、遣水《やりみず》の蛍《ほたる》ばかりを昔《むかし》おぼゆる慰《なぐさ》めにてながめゐ《い》たまへ《え》るに、例《れい》の、遥《はる》かに見《み》やらるる谷《たに》の軒端《のきば》より、前駆《さき》心《こころ》ことに追《お》ひて、いと多《おお》うともしたる灯《ひ》ののどかならぬ光《ひかり》を見《み》るとて、尼君《あまぎみ》たちも端《はし》に出《い》でゐ《い》たり。

妹尼「誰《た》がおはす《わ》るにかあらん。御前《ごぜん》

小野の里では、姫君が深々と茂った青葉の山に向かって、物思いのまぎらしようもなく、遣水《やりみず》の蛍《ほたる》のみを、昔宇治川で見た蛍を思い出す慰めにして、ぼんやりと見るともなく見ていらっしゃいます。ふと目をやると、軒端《のきば》からいつも見られる谷のほうに、特別ものものしい声で前駆《ぜんく》が追うのが聞こえます。おびただしい火をともした松明《たいまつ》が異常に揺れ動く光が見えると言って、尼君たちも縁近くに出て坐っています。

「誰が下りていらっしゃるのかしら、御前駆など、ずいぶん大勢見えるこ

など、いと多《おお》くこそ見《み》ゆれ。昼《ひる》、あなたにひきぼし奉《たてまつ》れたりつる返《かえ》り事《ごと》に、大将殿《だいしょうどの》おはしまして、御饗《おおんあるじ》のことにはかにするを、いとよきをりとこそありつれ」、尼「大将殿《だいしょうどの》とは、この女二《おんなに》の宮《みや》の御夫《おんおとこ》にやおはしつらむ」など言《い》ふも、いとこの世《よ》遠《とお》く、田舎《いなか》びにたりや。まことにさにやあらん、時々《ときどき》かかる山路《やまじ》分《わ》けおはせし時《とき》、いとしるかりし随身《ずいじん》の声《こえ》も、うちつけにまじりて聞《き》

と。昼間、僧都に海藻の乾物をさし上げたら、そのお返事に、大将さまがお越しあそばして御馳走を急につくるので、ちょうどいい折にもらったと、書いてありましたよ」

「大将さまとは、今上帝《きんじょうてい》の女二の宮のお婿《むこ》さまでいらっしゃいましたかしら」などと言うのを浮舟《うきふね》の君《きみ》は耳になさると、「この人たちの何て憂《う》き世《よ》離れしていて、田舎《いなか》じみていること。でもほんとうにそうかもしれない。時々宇治への山路《やまじ》をこうして踏み分けて薫の君がお越しになった時の、はっきり耳についた随身《ずいじん》の声もふと、中にまじって聞こえてくるから」とお思いになります。

こゆ。

かの殿《との》は、この子《こ》をやがてやらむと思《おぼ》しけれど、人目《ひとめ》多《おお》くて便《びん》なければ、殿《との》に帰《かえ》りたまひて、またの日《ひ》、ことさらにぞ出《い》だし立《た》てたまふ。睦《むつ》ましく思《おぼ》す人《ひと》の、ことごとしからぬ二三人《ふたりみたり》送《おく》りにて、昔《むかし》も常《つね》に遣《つかわ》はしし随身《ずいじん》添《そ》へたまへり《え》。

かしこには、まだつとめて、僧都《そうず》の御《おん》もとより、

薫の大将は、少年を帰り道の途中からそのまま小野にやろうとお考えになっていましたが、人目も多く具合が悪いので、ひとまず邸《やしき》にお帰りになった翌日、あらためて小野へさし向けます。日頃気を許していらっしゃる、あまり仰々しくない家来を二、三人つけて、昔もいつも使いにおやりになっていた随身を供にお加えになりました。

小野には、まだ朝早くに、僧都のところから手紙が来て、「昨夜、薫の大将殿のお使いとして、小君《こぎみ》がそちらへまいられましたか。事情を承《うけたまわ》ったところ、御出家をおさせしたのは、かえ

昨夜《よべ》、大将殿《だいしようどの》の御使《みつかい》にて、小君《こぎみ》や参《もう》でたまへ《え》りし。事《こと》の心《こころ》うけたまはり《わ》しに、あぢきなく、かへ《え》りて臆《おく》しはべりてなむと姫君《ひめぎみ》に聞《き》こえたまへ《え》。みづから聞《き》こえさすべきことも多《おお》かれど、今日明日《きようあす》過《す》ぐしてさぶらふ《う》べし。

と書《か》きたまへ《え》り。これは何《なに》ごとぞと尼《あま》君驚《ぎみおどろ》きて、こなたへもて渡《わた》りて見《み》せたてまつりたまへ《え》ば、「山《やま》より、僧都《そうず》の

って実に困ったことになったと、拙僧はふさぎこんで気が咎《とが》めております。姫君にお伝え下さい。拙僧自身からお話し申し上げなければならぬことが、多々ございますが、一両日過ぎてからお伺いいたしましょう」と書かれています。

これは一体どういうことだろうと、尼君は驚いて姫君のところへ持って行って、その手紙を御覧に入れました。そんなところへ、「山から、僧都のお手紙を持って、参上した者です」と、訪ねてきて言いました。

御消息《おんしょうそこ》にて、参《まい》りたる人《ひと》なむある」と言《い》ひ入《い》れたり。

尼君《あまぎみ》ぞ答《いらえ》へなどしたまふ《う》。文《ふみ》とり入《い》れて見《み》れば、「入道《にゅうどう》の姫君《ひめぎみ》の御方《おんかた》に、山《やま》より」とて、名《な》書《か》きたまへ《え》り。あらじなど、あらがふ《う》べきや《よ》うもなし。いとはしたなくおぼえて、いよいよ引《ひ》き入《い》られて、人《ひと》に顔《かお》も見《み》あは《わ》せず。妹尼「常《つね》に、誇《ほこ》りかならずものしたまふ《う》人《ひと》柄《がら》なれど、いとうたて心憂《こころう》し」など言《い》

尼君が出て応対なさいます。手紙を簾《すだれ》の中に取り入れて見ると、「尼姫君さまに、山より」とあり、僧都のお名前が書いてあります。

姫君はこの手紙は自分あてではないなどと、言いはることも出来ません。たいそうきまり悪く思われて、ますます奥のほうに隠れるようにして、誰にも顔を合わせまいとしています。「いつでも内気で晴れ晴れしなさらないお方だけれど、ほんとうに情けないこと」などと言って、尼君が受け取ろうとしないので、尼君が僧都のお手紙を見ま

ひて、僧都《そうず》の御文《おんふみ》見れば
まがふべくもあらず書きあきらめた
まへれど、他人《ことひと》は心《こころ》も得《え》ず。妹尼「こ
の君《きみ》は、誰《たれ》にかおはすらん。なほ、い
と心憂《こころう》し。今《いま》さへ、かく、あながちに
隔《へだ》てさせたまふ」と責《せ》められて、すこ
し外《と》ざまに向《む》きて見《み》たまへば、この子《こ》
は、今《いま》はと世《よ》を思《おも》ひなりし夕暮《ゆうぐれ》にも、
いと恋《こい》しと思《おもい》ひし人《ひと》なりけり。
まづ、母《はは》のありさまいと問《と》はまほし

した。

読み違えようもなく、はっきり真実を書いていらっしゃいますが、他人には何のことかわかりません。「このお方はどういうお方なのでしょうか。やはり何にしても情けないことです。今になってもまだ、こんなに強情に隠しだてをなさろうとは」と尼君に責められて、浮舟の君は少し外のほうに顔を向けて御覧になると、この子は、これが最期と入水《じゅすい》を決心した夕暮にも、たいそう恋しく思った弟なのでした。

何より先に、母君の様子が聞きたく

く、こと人々《ひとびと》の上《うえ》は、おのづからや《よ》うと聞《き》けど、親《おや》のおは《わ》すらむや《よ》うは、ほのかにもえ聞《き》かずかしと、なかなかこれを見《み》るにいと悲《かな》しくて、ほろほろと泣《な》かれぬ。

いとをかしげにて、すこしうちおぼえたまへ《え》る心地《ここち》もすれば、妹尼「御《おおん》はらからにこそおは《わ》すめれ。聞《き》こえまほしく思《おぼ》すこともあらむ。内《うち》に入《い》れたてまつらん」と言《い》ふ《う》を

なります。ほかの人たちのことは、自然だんだんと耳にも入ってきますけれど、母君の御様子はほんの少しでも聞けなかったのです。この弟を見ると、かえってほんとうに悲しくて、ほろほろと涙がこぼれるのでした。

この少年が、いかにも可愛らしくて、姫君にどこか似ているような気もするので、尼君は、「御姉弟なのでしょう。あなたにお話ししたいこともおありなのでしょう。お客さまを中にお入れいたしましょう」と言います。

浮舟「かの人《ひと》もし世《よ》にものしたまはば、それ一人《ひとり》になむ対面《たいめん》せまほしく思《おも》ひ《い》はべる。この僧都《そうず》ののたまへ《え》る人《ひと》などには、さらに知《し》られたてまつらじとこそ思《おもい》ひはべれ。かまへ《え》て、ひが事《こと》なりけりと聞《き》こえなして、もて隠《かく》したまへ《え》」とのたまへ《え》ば、

妹尼「いと難《かた》いことかな。僧都《そうず》の御心《みこころ》は、聖《ひじり》といふ中《なか》にも、あまり隈《くま》なくものしたまへ《え》ば、まさに残《のこ》いては聞《き》こえ

浮舟の君は、「もし母君がこの世にまだいらっしゃるなら、母君一人にだけはお会いしたく思います。この僧都のおっしゃる方などには、決して知っていただきたくはないと思います。何とか具合よくごまかして、ぜひとも、人違いであったと、まげてお返事をなさって、わたしをかくまって下さいまし」とおっしゃるので、

尼君は、「それはたいそう難しいことです。僧都の御気性は、聖と言われる中でも実に真正直で、秘密など全くお持ちになれないのですから、きっと何もかも残りなく大将殿に話しておしまいになるでしょう。ごまかしたところで、きっとあとですっかり大将殿に

たまひてんや。後《のち》に隠《かく》れあらじ。なのめに軽々《かろがろ》しき御《おん》ほどにもおはしま《わ》さず」など、言《い》ひ騒《さわ》ぎて、「世《よ》に知《し》らず心強《こころづよ》くおはしま《わ》すこそ」と、みな言《い》ひあは《わ》せて、母屋《もや》の際《きわ》に几帳《きちよう》たてて入《い》れたり。

小君「思《おぼ》し隔《へだ》てて、おぼおぼしくもてなさせたまふ《う》には、何《なに》ごとをか聞《き》こえはべらむ。疎《うと》く思《おぼ》しなりにければ、聞《き》こゆべきこともはべらず。ただ、この

わかってしまうでしょう。それに大将殿はおろそかな軽々しい御身分でもございませんし」などと言い騒いで、「世にまたとない強情なお方ですこと」と、皆で話し合い、母屋《もや》の端に几《き》帳《ちょう》を立てて小君を招じ入れました。

小君は、「わたしのことをわけ隔てなさって、よそよそしくしていらっしゃるのでは、何をお話し申し上げられましょう。赤の他人と思うようになられたのですから、もう申し上げることもございません。ただこのお手紙を、人伝《ひとづて》でなく直接お渡しせよと言われて来ました。どうしてもぜひ、直接お渡ししたいのです」と言います。

御文《おんふみ》を、人《ひと》づてならで奉《たてまつ》れとてはべりつる、いかで奉《たてまつ》らむ」と言《い》へ《え》ば

尼君《あまぎみ》、御文《おんふみ》ひき解《と》きて見《み》せたてまつる。ありしながらの御手《おんて》にて、紙《かみ》の香《か》など、例《れい》の、世《よ》づかぬまでしみたり。

この人《ひと》は、見《み》や忘《わす》れたまひぬらむ。ここには、行《ゆ》く方《へ》なき御形見《おんかたみ》に見《み》るものにてなん。

などいとこまやかなり。

さすがにうち泣《な》きてひれ臥《ふ》したまへ《え》

尼君がそのお手紙を引き開けて、姫君にお見せします。昔のままの薫の君の御筆跡で、紙に薫《た》きしめた香《こう》の匂いなど、前とそっくりに、この世のものではないほど、強くしみついています。

「この小君を、あなたは見忘れてしまったのでしょうか。わたしは行方《ゆくえ》も知れないあなたの形見として側に置いているのです」などと、たいそう細やかに愛情をこめて書いてあります。

さすがに浮舟の君は泣き出してひれ

れば、いと世《よ》づかぬ御《おん》ありさまかなと見《み》わづらひ《い》ぬ。

妹尼「いかが聞《き》こえん」など責《せ》められて、浮舟「心地《ここち》のかき乱《みだ》るや《よ》うにしはべるほどためらひ《い》て、いま聞《き》こえむ。昔《むかし》のこと思《おも》ひ《い》出《い》づれど、さらにおぼゆることもなく、あやしう《しゅう》、いかなりける夢《ゆめ》にかとのみ心《こころ》も得《え》ずなむ。すこし静《しず》まりてや、この御文《おんふみ》なども見知《みし》らることもあらむ。今日《きょう》はなほ《お》持《も》て参《まい》り

伏してしまいました。尼君は、何とも世間知らずなお方だと、手を焼いています。

「どのようにお返事なさいますか」などと責められて、浮舟の君は、「今は気分がとても悪く、胸が掻《か》き乱されるように苦しいので、少し休んだ後で、すぐお返事を申し上げます。昔のことを思い出しても、少しも覚えていることがなく、夢のような出来事とおっしゃられても、不思議なばかりで、どんな夢だったのかと、わたしにはわかりません。少し気分も落ち着きましたら、このお手紙なども、納得出来ることもあるのかもしれません。今日のところはやはり、お持ち帰り下さいま

たまひ《い》ね。所違《ところたが》へ《え》にもあらむに、いとかたは《わ》らいたかるべし」とて、ひろげながら、尼君《あまぎみ》にさしやりたまへ《え》れば

妹尼「ただ、かく、おぼつかなき御《おん》ありさまを聞《き》こえさせたまふ《う》べきなめり。雲《くも》の遥《はる》かに隔《へだ》たらぬほどにもはべるめるを、山風吹《やまかぜふ》くとも、またもかならず立《た》ち寄《よ》らせたまひ《い》なむかし」と言《い》へ《え》ば、すずろにゐ《い》暮《く》らさむもあやしかるべければ、帰《かえ》りなむとす。

し。もし人違いでもあれば、さぞ不都合なことでしょうから」と、手紙を広げたまま、尼君に押しやります。

尼君は、「ただ、こういうふうに姫君は、はっきりしない御容態だとお伝えいただくほかはございませんでしょう。雲のはるかに隔てているというほど遠い道のりではありませんようですから、山風が吹きましても、改めてまた、きっとお立ち寄り下さい」と言います。小君は用もないのに、日の暮れるまで坐っているのもおかしなことなので帰ろうとします。

人知れずお会いしたいと思っていた

人知《ひとし》れずゆかしき御《おん》ありさまをも、え見《み》ずなりぬるを、おぼつかなく口惜《くちお》しくて、心《こころ》ゆかずながら参《まい》りぬ。いつしかと待《ま》ちおはするに、かくたどたどしくて帰《かえ》り来《き》たれば、すさまじく、なかなかなりと思《おぼ》すことさまざまにて、人《ひと》の隠《かく》しすゑたるにやあらむと、わが御心《みこころ》の思《おも》ひ寄《よ》らぬ隈《くま》なく、落《お》としおきたまへ《え》りしならひに《い》とぞ、本《ほん》にはべめる。

姉君だったのに、そのお姿も見ないままに終ったのが、頼りなくて残念で、不満な心を抱いたまま帰参しました。

まだかまだかと薫の大将は小君の帰りをお待ちでしたのに、こんな要領を得ないままで帰ってきましたので、おもしろくないお気持になり、なまじ手紙など持たせてやらねばよかったと、あれこれ気をお廻しになって、女君を、誰か男が隠し住まわせているのかと、あらゆる想像をめぐらせ、御自分がかつて宇治に女君を囲い、心にもかけない状態で見捨てておおきになった経験からそうお考えになったとか。そう本には書いてあるようでございます。

五十四帖最終の帖である。

薫《かおる》は毎月八日が比叡山《ひえいざん》の根本中堂《こんぽんちゆうどう》の縁日なので、御本尊薬師如来《ごほんぞんやくしにょらい》に供養《くよう》のため月参りをしている。その帰りに横川《よかわ》にまわり、僧都《そうず》に会って浮舟《うきふね》のことを聞こうとする。しかし、みすぼらしい尼たちの中に暮し、万一、男でもいては惨《みじ》めだと思い、浮舟の母には知らせない。ずっと側近くに置いて召し使っている、浮舟の弟の小君《こぎみ》を供に連れてゆく。

僧都は思いがけない薫の訪れに驚いて、食事などのもてなしに大騒ぎをしている。薫はやや落ち着いてから浮舟のことを尋ねた。僧都から発見以来の一部始終を聞いているうち、浮舟に間違いないと確信すると、涙があふれて止まらない。それを見て僧都は驚愕《きょうがく》する。こんな貴顕《きけん》の想い者を、本人にせがまれたとは言え、唯々《いい》として出家させてしまい、とんでもない早まったことをしたと後悔する。

僧都は薫に請われて浮舟への手紙を書き、小君がそれを小野へ持って行くことを承諾《しょうだく》する。翌日、薫は小君に僧都の手紙を持たせて小野へやる。小君は死んだと思っていた姉が生きていて、住所がわかったと薫に言われ喜んで行く。しかし浮舟はつれなく、小君に会おうともしない。僧都の手紙には薫との関係に触れ、薫との前世《ぜんせ》からの深い縁を大切にして、還俗《げんぞく》して薫に添いとげ、薫の愛執《あいしゅう》の罪を晴らしてあげるようにと書いてある。

浮舟はその手紙にも動かされず、薫に逢いたいとは思わない。おもざしの似た美しく可愛らしい小君を、浮舟の弟と察して、尼君がしきりにもてなし、薫の手紙をひろげて無理にも見せるが、浮舟は、「昔のことはまるで夢のようで、はっきりとは思い出せません。宛先を間違われていたら不都合でしょう」と言って尼君に押しやるのだった。それでも昔のままの薫きしめた《た》香の匂いや、変らぬ筆跡はなつかしく、「この小君をあなたの忘れ形見として身辺に使っている」というようなことも書いてあった。

浮舟は変りはてた今の尼姿を見られたくないと思い、返事の書き様もなく泣き伏すばかりである。ただ、母にだけは会いたいと思っている。小君は、「せめて一言でもお声を聞かせて下さい」と言うが、返事はない。

待ちあぐねていた薫のところへ、要領《ようりょう》も得ずすごすご帰ってきた小君を見て、薫はしらけきり、手紙など出さなければよかったと悔やむ。自分が女を宇治《うじ》に囲い、めったに行ってやらずうち捨てておいた経験から、やはり誰か男がいて、囲っているのかしらなどと思った。そう本には書いてあるようでございます。

ということで、この大長編小説は見方によれば、実に唐突に終っている。

「夢浮橋」という題名のことばは、文中にない。作者は男と女の仲は、所詮《しょせん》、はかない夢の中の逢瀬のようだとでも言うつもりだったのか。

「宇治十帖《うじじゅうじょう》」のヒロイン浮舟が二人の男の間で身も心も揺れ動き、不貞の罪の意識にひとり苦しみ身投げを決意するまでの哀切さには、読者は同情を禁じ得ない。薫の囲い者となり、恩義を感じている浮舟は、自分の意志でなく、好色な匂宮《におうのみや》によって強姦《ごうかん》される。浮舟の苦悩は、薫を裏切ったという罪の意識もさることながら、犯された匂宮に薫以上の魅力を感じてしまう、自分の生身《なまみ》の不思議と矛盾《むじゅん》であった。肉体と精神の乖離《かいり》相剋《そうこく》という重い文学的問題を、千年前に早くも紫式部は書いているのである。

浮舟の苦悩に対して、二人の男はどれほど悩んだというのだろうか。匂宮の悩みは、ただ単純に、気に入った女を独占したいという慾情のあせりであり、薫の場合はいつでも愛よりも世間体を気にしていて、女の裏切りに対しても、自分の面子《メンツ》が傷つけられたという怒りが先に立っている。二人とも、浮舟の四十九日までは、嘆き悲しんでみせるが、それ以後は呆れるほどの早さで、ほかの女との情事に右往左往している。このあたりの男の下らなさを、なぜ紫式部は綿々と書かねばならなかったか。所詮、男の心はその程度のもので、情熱も誠実もたかが知れていると言いたかったのではないだろうか。

これまでにもさまざまな女を出家させてきた作者は、最後に浮舟の出家でこの大長編の幕を閉じる。自殺未遂の浮舟に記憶喪失症という病気を、千年前に与えているのに驚きを禁じ得ない。はじめから、浮舟はそれを装ったのだという説もあるが、ある時、たしかに完全に記憶を喪失していたと私は見る。おそらく、横川の僧都の加持を小野で受けた後から、徐々にそれはよみがえったと見るほうが納得がいく。しかしその後も浮舟は引きつづき記憶を失ったふりをしつづけ、決して自分の素性も名前も明かさない。嫋々《じょうじょう》と見えて、投身自殺を決意したり、出家を尼君の留守に決行したり、最後は薫を拒《こば》み通す浮舟は、意外に芯の強い女だったのである。これまでの多くの女の出家者に対して、私は出家と同時に女の心の丈《たけ》が高くなり、男を見下すようになると、評してきたが、その思いは浮舟の出家で更に確認された。

この出家の場ではじめて、「流転三界中《るてんさんがいちゅう》、恩愛不能断《おんないふのうだん》」という得度の時の偈《げ》の一句が出て来ているのも、見逃せない。私はここに来てはじめて、作者自身も、出家しているだろうと感じた。おそらく紫式部は源氏の死までの物語を藤原道長《ふじわらのみちなが》の注文によって書かされ、それ以後の続編は、何年か後、自分のために書いたのではないかと思う。そして紫式部は苦悩の後に出家を選んだ女たちに、決してそのことを後悔させていないし、それぞれに心の平安を与えているのである。

浮舟は出家後も、母への恩愛を断ちきれず、別れた男たちとの想い出も忘れ切ってはいない。しかし、数珠《じゅず》の扱いもたどたどしい中にも、阿弥陀《あみだ》を一心に念じ、勤行《ごんぎょう》することによって、決して心を後戻りはさせないのである。終日手習いをする浮舟の、内省《ないせい》的な傾向は、より深められてゆく予感を読者に与える。

それに対して薫の最後の見苦しい述懐《じゅっかい》はどうであろうか。自分の出生の秘密のコムプレックスから悩みを抱き、早くから出家志向を持ち、そのため聖《ひじり》に近い八の宮に憧《あこが》れて宇治通いをしていたにしては、何という卑《いや》しいつまらない想像しか、出家した女に出来ないのか。「男はせいぜいこの程度よ」という、紫式部の声が聞こえてくるような気がする。「源氏物語」を書き出すはじめから、紫式部はそう思っていたのではあるまい。書きつづけ、生きつづける間に、作者は男と女の愛の相《そう》の真実の姿に、そういう決着をつけたくなったのだと思う。

可哀そうなのは、出家をあれだけ望みながら、ついに源氏に出家を許されず死んでいった、紫《むらさき》の上《うえ》ではなかっただろうか。「源氏物語」を出家物語と私が呼びたくなるのも、物語を訳し終えて得た感想からである。実作者であり、出家者である私の自然な読後の感懐《かんかい》であった。

（了）

# あとがき

これで『すらすら読める源氏物語』の、上、中、下すべての巻の刊行が終了しました。長い旅を終えたような快い達成感と、深い疲れを感じています。

読者の方々には、最後まですらすら読んでいただけたでしょうか。下巻まで飽かずに読み終っていただけたでしょうか。問いかけたい気持でいっぱいです。

下巻は、主人公の光源氏はすでに死亡していて、その子や孫の世代に移っています。「雲隠《くもがくれ》」の帖で、光源氏の華麗でドラマチックな生涯は終って、一応「源氏物語」は幕を下ろしたことになっています。

下巻に収められた「匂宮《におうのみや》」から「夢浮橋《ゆめのうきはし》」までは、「源氏物語」本編についた附録のような感じもします。舞台が京から宇治へ移りますので、世にいう「宇治十帖《うじじゅうじょう》」を含むこれらの帖は、作者が男に変ったとか、幾人もの合作になったとか、学者や研究家の間ではいろいろ論議されましたが、私はやはり紫式部の筆であろうと思います。ただし、「雲隠」までは、紫式部が中宮彰子《ちゅうぐうしょうし》の後宮《こうきゅう》に女房として勤めながら、彰子の父藤原《ふじわらの》道長《みちなが》をパトロンとして書きあげたけれど、「源氏物語」を書き進むうちに、彰子にめでたく待望の皇子が生れ、道長の野心は一応ここで完結します。文学好きの一条《いちじょう》天皇を彰子の局にひきつけるための道長の苦肉の策は見事効を奏したことになります。

そこで紫式部は宮仕えを自らやめただろうと、私は想像しています。その上で彼女はおそらく出家したことでしょう。出家して数年たって、また書きはじめたのが、この下巻に収められた物語ではないでしょうか。この下巻は特に仏教臭が強くなっています。浮舟《うきふね》の出家の顚末《てんまつ》が最もそれを語っています。

浮舟は心では薫《かおる》を尊敬し感謝していながら、思いもかけない成行で匂宮に犯されてしまい、官能が匂宮に惹《ひ》かれてしまいます。精神と肉体の乖離《かいり》相剋《そうこく》は二十一世紀でも文学の大きな主題です。それを紫式部は千年前に書いたということは大変な才能です。最も近代小説の匂いがするので、若い人は下巻から読みはじめて下さってもいいと思います。

二〇〇五年五月

瀬戸内寂聴

# 主要人物関係図

・本書（上）（中）（下）に登場する人物に限った。
・呼称については、理解しやすい名を用いた。
・数字は即位順。
・▒は光源氏が愛した女性。

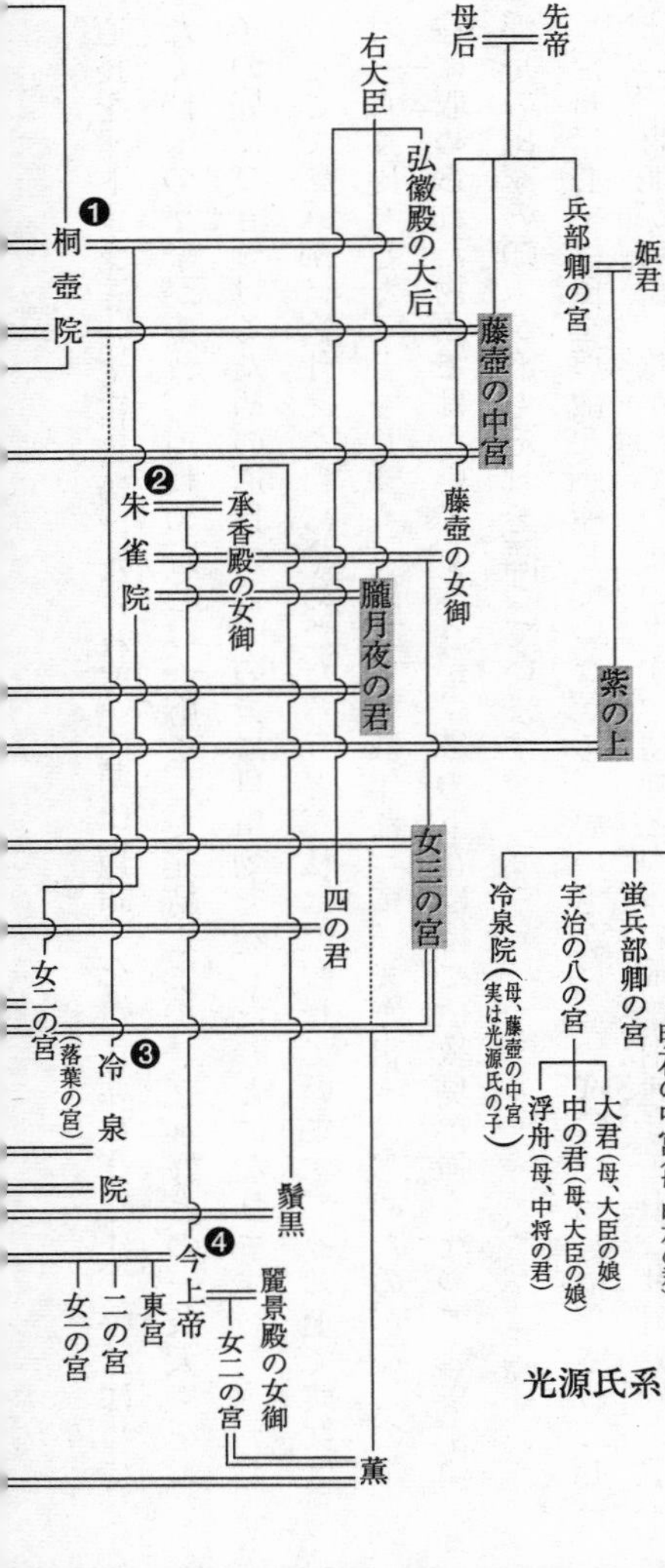


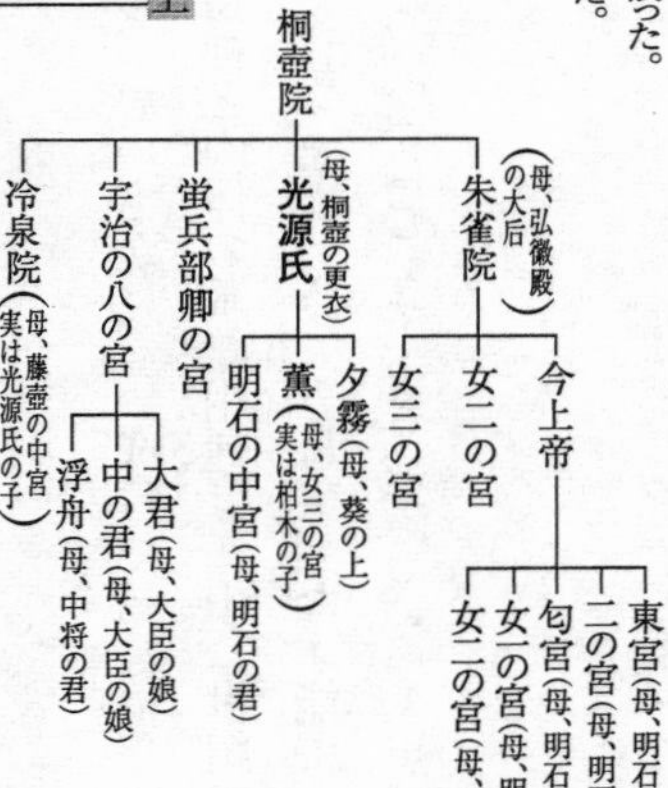


光源氏系図

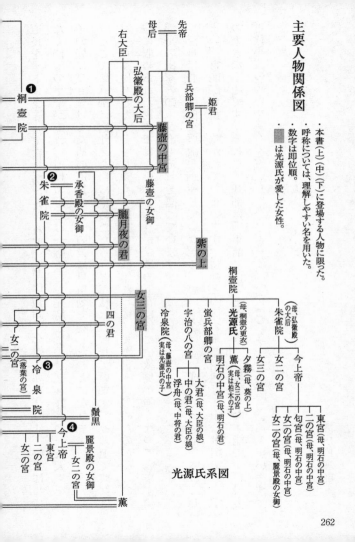

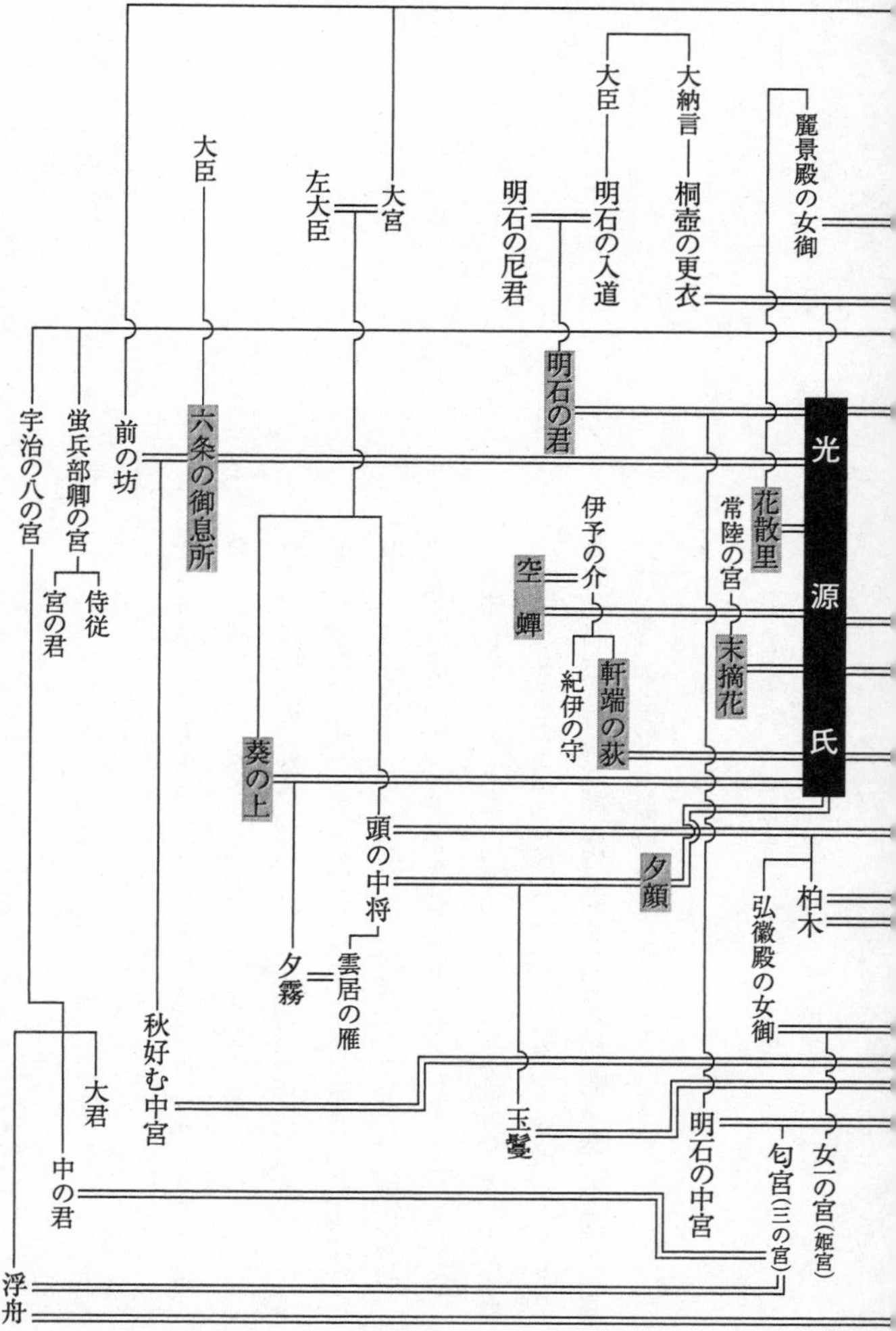
麗景殿の女御
大納言
桐壺の更衣
大臣
明石の入道
明石の尼君
大宮
左大臣
大臣
明石の君
光源氏
花散里
常陸の宮
末摘花
伊予の介
空蟬
軒端の荻
紀伊の守
六条の御息所
前の坊
蛍兵部卿の宮
宇治の八の宮
侍従
宮の君
葵の上
頭の中将
夕顔
柏木
弘徽殿の女御
夕霧
雲居の雁
秋好む中宮
玉鬘
明石の中宮
匂宮(三の宮)
女一の宮(姫宮)
大君
中の君
浮舟

☆本書は二〇〇五年八月に小社より刊行された『すらすら読める源氏物語（下）』を文庫化したものです（全三巻）。
☆本書に収録の「源氏物語」は、『新編日本古典文学全集』（小学館）の「源氏物語」を基本的には用い、『新日本古典文学大系』（岩波書店）「源氏物語」、『新潮日本古典集成』（新潮社）「源氏物語」、『有朋堂文庫　源氏物語』（有朋堂書店）なども参考にしました。
☆省略したところは、区切りのよいところで切り、やむをえず途中で切らざるをえなかった場合は、句読点をつけず改行しました。
☆現代語訳、解説は瀬戸内寂聴訳『源氏物語　巻一～巻十』（講談社文庫）のものを再構成し、加筆したものです。

|著者| 瀬戸内寂聴　1922年、徳島県生まれ。東京女子大学卒。'57年「女子大生・曲愛玲」で新潮社同人雑誌賞、'61年『田村俊子』で田村俊子賞、'63年『夏の終り』で女流文学賞を受賞。'73年に平泉・中尊寺で得度、法名・寂聴となる（旧名・晴美）。'92年『花に問え』で谷崎潤一郎賞、'96年『白道』で芸術選奨文部大臣賞、2001年『場所』で野間文芸賞、'11年『風景』で泉鏡花文学賞を受賞。1998年『源氏物語』現代語訳を完訳。2006年、文化勲章受章。また、95歳で書き上げた長篇小説『いのち』が大きな話題になった。他の著書に『愛することば あなたへ』『命あれば』『97歳の悩み相談 17歳の特別教室』『寂聴 九十七歳の遺言』『はい、さようなら。』『悔いなく生きよう』『笑って生ききる』『愛に始まり、愛に終わる 瀬戸内寂聴108の言葉』『その日まで』など。2021年11月逝去。

すらすら読《よ》める源氏物語《げんじものがたり》(下)
瀬戸内寂聴《せとうちじゃくちょう》


講談社文庫
定価はカバーに
表示してあります

2023年3月15日第1刷発行

発行者——鈴木章一
発行所——株式会社　講談社
東京都文京区音羽2-12-21　〒112-8001
電話 出版 (03) 5395-3510
販売 (03) 5395-5817
業務 (03) 5395-3615
Printed in Japan

KODANSHA

デザイン—菊地信義
本文データ制作—講談社デジタル製作
印刷———株式会社KPSプロダクツ
製本———株式会社国宝社



ISBN978-4-06-530316-0

# 講談社文庫刊行の辞

二十一世紀の到来を目睫に望みながら、われわれはいま、人類史上かつて例を見ない巨大な転換期をむかえようとしている。

世界も、日本も、激動の予兆に対する期待とおののきを内に蔵して、未知の時代に歩み入ろうとしている。このときにあたり、創業の人野間清治の「ナショナル・エデュケイター」への志を現代に甦らせようと意図して、われわれはここに古今の文芸作品はいうまでもなく、ひろく人文・社会・自然の諸科学から東西の名著を網羅する、新しい綜合文庫の発刊を決意した。

激動の転換期はまた断絶の時代である。われわれは戦後二十五年間の出版文化のありかたへの深い反省をこめて、この断絶の時代にあえて人間的な持続を求めようとする。いたずらに浮薄な商業主義のあだ花を追い求めることなく、長期にわたって良書に生命をあたえようとつとめるところにしか、今後の出版文化の真の繁栄はあり得ないと信じるからである。

同時にわれわれはこの綜合文庫の刊行を通じて、人文・社会・自然の諸科学が、結局人間の学にほかならないことを立証しようと願っている。かつて知識とは、「汝自身を知る」ことにつきていた。現代社会の瑣末な情報の氾濫のなかから、力強い知識の源泉を掘り起し、技術文明のただなかに、生きた人間の姿を復活させること。それこそわれわれの切なる希求である。

われわれは権威に盲従せず、俗流に媚びることなく、渾然一体となって日本の「草の根」をかたちづくる若く新しい世代の人々に、心をこめてこの新しい綜合文庫をおくり届けたい。それは知識の泉であるとともに感受性のふるさとであり、もっとも有機的に組織され、社会に開かれた万人のための大学をめざしている。大方の支援と協力を衷心より切望してやまない。

一九七一年七月

野間省一

講談社文芸文庫

柄谷行人

# 柄谷行人対話篇Ⅲ　1989－2008

東西冷戦の終焉、そして湾岸戦争を通過した後の資本にどう対抗したらよいのか？　根源的な問いに真摯に向き合ってきた批評家が文学者とかわした対話十篇を収録。

かB20
978-4-06-530507-2

フローベール　蓮實重彦 訳

# 三つの物語／十一月

生前発表した最後の作品集「三つの物語」と、若き日の恋愛を描き『感情教育』の母胎となった「十一月」。『ボヴァリー夫人』と並び称される名作を第一人者の訳で。

解説＝蓮實重彦

フD1
978-4-06-529421-5

## 講談社文庫　目録

瀬尾まいこ　幸福な食卓
関原健夫　がん六回 人生全快
瀬川晶司　泣き虫しょったんの奇跡 完全版〈サラリーマンから将棋のプロへ〉
仙川　環《たまき》　幸福の劇薬〈医者探偵・宇賀神晃〉
仙川　環　偽装診療〈医者探偵・宇賀神晃〉
瀬木比呂志　黒い巨塔〈最高裁判所〉
瀬那和章　今日も君は、約束の旅に出る
蘇部健一　六枚のとんかつ
蘇部健一　六とん2
蘇部健一　届かぬ想い
曽根圭介　沈底魚
曽根圭介　藁《わら》にもすがる獣たち
田辺聖子　ひねくれ一茶
田辺聖子　愛の幻滅(上)(下)
田辺聖子　うたかた
田辺聖子　春情蛸の足
田辺聖子　蝶花嬉遊図
田辺聖子　言い寄る
田辺聖子　私的生活
田辺聖子　苺をつぶしながら
田辺聖子　不機嫌な恋人
田辺聖子　女の日時計
谷川俊太郎訳 和田誠絵　マザー・グース 全四冊
立花　隆　中核VS革マル(上)(下)
立花　隆　日本共産党の研究 全三冊
立花　隆　青春漂流
高杉　良　労働貴族
高杉　良　広報室沈黙す(上)(下)
高杉　良　炎の経営者(上)(下)
高杉　良　小説 日本興業銀行 全五冊
高杉　良　社長の器
高杉　良　その人事に異議あり〈女性広報主任のジレンマ〉
高杉　良　人事権!
高杉　良　小説消費者金融〈クレジット社会の罠〉
高杉　良　小説 新巨大証券(上)(下)
高杉　良　局長罷免─小説通産省
高杉　良　首魁《しゅかい》の宴《うたげ》〈政官財腐敗の構図〉
高杉　良　指名解雇
高杉　良　燃ゆるとき
高杉　良　銀行大合併〈短編小説全集(上)〉
高杉　良　エリートの反乱〈短編小説全集(中)〉
高杉　良　金融腐蝕列島(上)(下)
高杉　良　勇気凜々
高杉　良　混沌《こんとん》 新・金融腐蝕列島(上)(下)
高杉　良　乱気流(上)(下)
高杉　良　小説会社再建
高杉　良　新装版 懲戒解雇
高杉　良　新装版 大逆転!〈小説 三菱・第一銀行合併事件〉
高杉　良　新装版 バンダルの塔
高杉　良　第四権力〈巨大メディアの罪〉
高杉　良　巨大外資銀行
高杉　良　最強の経営者〈アサヒビールを再生させた男〉
高杉　良　リベンジ〈巨大外資銀行〉
高杉　良　新装版 会社蘇生
竹本健治　新装版 匣《はこ》の中の失楽
竹本健治　囲碁殺人事件
竹本健治　将棋殺人事件

## 講談社文庫　目録

竹本健治　トランプ殺人事件
竹本健治　狂い壁　狂い窓
竹本健治　涙《るい》香《こう》迷《めい》宮《きゅう》
竹本健治　新装版 ウロボロスの偽書(上)(下)
竹本健治　ウロボロスの基礎論(上)(下)
竹本健治　ウロボロスの純正音律(上)(下)
高橋源一郎　日本文学盛衰史
高橋源一郎　5と3/4時間目の授業
高橋克彦　写楽殺人事件
高橋克彦　総　門　谷
高橋克彦　炎《ほむら》立つ　壱　北の埋み火
高橋克彦　炎立つ　弐　燃える北天
高橋克彦　炎立つ　参　空への炎
高橋克彦　炎立つ　四　冥き稲妻
高橋克彦　炎立つ　伍　光彩楽土
高橋克彦　〈全五巻〉
高橋克彦　火　怨　〈北の燿星アテルイ〉(上)(下)
高橋克彦　水　壁　〈アテルイを継ぐ男〉
高橋克彦　天を衝く(1)～(3)
高橋克彦　風の陣　一　立志篇
高橋克彦　風の陣　二　大望篇
高橋克彦　風の陣　三　天命篇
高橋克彦　風の陣　四　風雲篇
高橋克彦　風の陣　五　裂心篇
髙樹のぶ子　オライオン飛行
田中芳樹　創竜伝1〈超能力四兄弟《ドラゴン》〉
田中芳樹　創竜伝2〈摩天楼の四兄弟《ドラゴン》〉
田中芳樹　創竜伝3〈逆襲の四兄弟《ドラゴン》〉
田中芳樹　創竜伝4〈四兄弟《ドラゴン》脱出行〉
田中芳樹　創竜伝5〈蜃気楼都市《ミラージュ・シティ》〉
田中芳樹　創竜伝6〈染血の夢《ブラッディ・ドリーム》〉
田中芳樹　創竜伝7〈黄土のドラゴン〉
田中芳樹　創竜伝8〈仙境のドラゴン〉
田中芳樹　創竜伝9〈妖世紀のドラゴン〉
田中芳樹　創竜伝10〈大英帝国最後の日〉
田中芳樹　創竜伝11〈銀月王伝奇〉
田中芳樹　創竜伝12〈竜王風雲録〉
田中芳樹　創竜伝13〈噴火列島〉
田中芳樹　創竜伝14〈月への門〉
田中芳樹　魔　天　楼〈薬師寺涼子の怪奇事件簿〉
田中芳樹　東京ナイトメア〈薬師寺涼子の怪奇事件簿〉
田中芳樹　巴里《パリ》・妖都変〈薬師寺涼子の怪奇事件簿〉
田中芳樹　クレオパトラの葬送〈薬師寺涼子の怪奇事件簿〉
田中芳樹　黒蜘蛛島《ブラックスパイダー・アイランド》〈薬師寺涼子の怪奇事件簿〉
田中芳樹　夜　光　曲〈薬師寺涼子の怪奇事件簿〉
田中芳樹　魔境の女王陛下〈薬師寺涼子の怪奇事件簿〉
田中芳樹　海から何かがやってくる〈薬師寺涼子の怪奇事件簿〉
田中芳樹　白魔《びゃくま》のクリスマス〈薬師寺涼子の怪奇事件簿〉
田中芳樹　タイタニア1〈疾風篇〉
田中芳樹　タイタニア2〈暴風篇〉
田中芳樹　タイタニア3〈旋風篇〉
田中芳樹　タイタニア4〈烈風篇〉
田中芳樹　タイタニア5〈凄風篇〉
田中芳樹　ラインの虜囚
田中芳樹　新・水滸後伝(上)(下)
田中芳樹 幸田露伴 原作　運　命〈二人の皇帝〉
田中芳樹 土屋守　「イギリス病」のすすめ
田中芳樹ほか 文 皇名月 画・文　中国帝王図

2022年12月15日現在